Dette à un Sicilien

JANE PORTER

Dette à un Sicilien

Traduction française de
SYLVIE CALMELS-ROUFFET

AZUR

HARLEQUIN

Collection : Azur

Titre original :
CHRISTMAS CONTRACT FOR HIS CINDERELLA

HARPERCOLLINS FRANCE
83-85, boulevard Vincent-Auriol, 75646 PARIS CEDEX 13
Service Lectrices — Tél. : 01 45 82 47 47 - www.harlequin.fr
ISBN 978-2-2804-4537-5 — ISSN 0993-4448

Composé et édité par HarperCollins France. Achevé d'imprimer en décembre 2020.
par CPI Black Print - Barcelone - Espagne
Dépôt légal : janvier 2021.

FSC
www.fsc.org
MIXTE
Papier issu de sources responsables
FSC® C108412

Pour limiter l'empreinte environnementale de ses livres, HarperCollins France s'engage à n'utiliser que du papier fabriqué à partir de bois provenant de forêts gérées durablement et de manière responsable.

1.

Au dernier étage du grand magasin Bernard, dans la réserve de l'espace mariage, Monet Wilde passait en revue les tenues suspendues sur les portants à la recherche d'une robe n'ayant jamais atteint le service des retouches, quand l'une des vendeuses de son équipe vint l'informer qu'un homme la demandait. Cela semblait urgent, même si l'homme en question n'était pas aussi nerveux que Mme Wilkerson qui ne comprenait pas comment la robe de mariée de sa fille avait bien pu disparaître.

D'un geste machinal, Monet replaça une boucle brune qui s'était échappée de son chignon serré sur sa nuque et lissa les pans de son tailleur gris dont la jupe tombait au niveau du genou. Elle avait conscience de son allure un peu trop stricte, voire guindée, mais quand on était à la tête de la boutique mariage d'un des plus grands magasins de Londres, à seulement vingt-six ans, il était important d'avoir l'air sérieux et professionnel jusqu'au bout des ongles.

— Vous a-t-il dit ce qu'il veut ? demanda-t-elle en jetant un coup d'œil agacé à sa montre.

Plus que quinze minutes avant la fermeture. Seulement quinze petites minutes pour retrouver une robe très chère pour une cliente très en colère.

— Vous…, répondit la vendeuse. C'est vous qu'il veut. Il a donné votre nom.

Monet assimila l'information avec un froncement de sourcils.

— Ne me dites pas que nous avons égaré un autre article.

— Il n'a pas précisé. Il a simplement demandé à vous voir.

Monet inspira à fond. Elle venait de vivre une journée cauchemardesque, le genre de journée typique d'un week-end de décembre avant Noël. Dès l'ouverture des portes, des hordes de clients s'étaient ruées sur le rayon, comme si un mariage impromptu à l'occasion des fêtes de fin d'année était plus glamour. Tant et si bien que, après avoir passé des heures au téléphone à contacter les maisons de couture et les fournisseurs pour tenter de satisfaire les demandes, elle avait encore une dizaine de commandes à finaliser avant la fermeture.

— Il a donné son nom ?

— Marcus Oberto, quelque chose comme ça. Un Italien.

Monet se figea alors même qu'elle rectifiait mentalement. Marcu *Uberto,* c'était son nom. Et il n'était pas italien mais sicilien.

— Je lui ai dit que vous étiez très occupée, ajouta la vendeuse. Il a répondu qu'il attendrait le temps qu'il faudrait.

Monet n'y croyait pas une seconde. Marcu n'était pas le genre d'homme qu'on fait attendre.

Mais que faisait-il ici ? Et pourquoi maintenant ?

Elle ne l'avait pas revu depuis huit longues années. La dernière fois qu'elle avait entendu parler de lui, c'était très exactement trois ans auparavant, presque jour pour jour.

Que lui voulait-il ?

Les questions rebondissaient dans sa tête suscitant une angoisse diffuse.

— Je peux lui transmettre un message, reprit la vendeuse avec un sourire coquin. Ça ne me dérange pas. Ce gars-là est canon, et j'adore les Italiens.

Sicilien, corrigea de nouveau mentalement Monet. Marcu était sicilien dans l'âme.

— Merci, mais je vais m'occuper du *signor* Uberto. En revanche, vous me rendriez service en téléphonant à Mme Wilkerson pour la prévenir que nous ne l'oublions pas et que nous devrions avoir des nouvelles de la robe de sa fille d'ici demain matin.

— Vous êtes sûre ? demanda la vendeuse avec une moue dubitative.

Monet n'osait imaginer le drame s'ils ne retrouvaient pas cette maudite robe.

— Il le faut, déclara-t-elle d'une voix ferme.

Puis, redressant les épaules, elle sortit affronter Marcu.

Elle l'aperçut dès qu'elle émergea de derrière les tentures masquant l'entrée de la réserve.

Planté au centre de la boutique, il semblait occuper tout l'espace pourtant dominé par l'énorme coupole en vitrail de style Art déco qui couronnait le grand magasin.

Grand et large d'épaules, Marcu Uberto était l'archétype de l'aristocrate fortuné, habitué à inspirer le respect. Il incarnait la puissance et l'élégance dans son costume anthracite, coupé sur mesure, éclairé par une chemise blanche et une cravate du même bleu que ses yeux. Des yeux inoubliables d'un bleu très sombre, soulignés d'épais cils noirs. Huit ans plus tôt, il portait les cheveux longs. À présent, ils étaient coupés court et les boucles brunes indisciplinées d'autrefois étaient sévèrement lissées en arrière, dégageant son visage au teint mat, ses pommettes saillantes, son nez fin et sa mâchoire volontaire.

La bouche sèche, Monet sentit son pouls s'accélérer sous le flot des souvenirs – des souvenirs qu'elle se sentait incapable d'affronter. Elle s'était donné tant de mal pour effacer le passé qu'elle n'était pas du tout préparée au retour de Marcu dans son présent. Par chance, il ne l'avait pas encore aperçue, ce qui lui laissait le temps de se ressaisir. Elle prit une grande inspiration.

Pas de panique, murmura-t-elle entre ses dents. *Un peu de courage, tu vas y arriver.*

— Marcu…, dit-elle poliment en s'approchant. Qu'est-ce qui t'amène ici ? Puis-je t'aider pour un achat ou un cadeau ?

Monet. Un frémissement parcourut Marcu au son de sa voix. Une voix qu'il aurait reconnue entre toutes. Une voix douce et chaude.

Il pivota sur lui-même, s'attendant plus ou moins à voir la jeune fille dont il se souvenait – gracile, souriante, discrète –, mais c'était une femme qui se tenait sous les yeux. Une femme extraordinairement belle à l'allure austère.

La Monet qu'il connaissait à Palerme avait le sourire facile et de grands yeux bruns, confiants, pailletés d'ambre. La nouvelle, celle qu'il n'avait pas revue depuis huit ans, avait le regard méfiant et des lèvres pincées qui ne semblaient pas sourire souvent. En tout cas, pas pour l'instant.

— Bonsoir, Monet, dit-il en s'approchant pour l'embrasser sur la joue.

Comme si elle n'était pas capable de supporter le contact de ses lèvres sur sa peau, elle se recula rapidement.

De toute évidence, elle n'était pas ravie de le retrouver. Cela dit, il ne s'attendait pas à ce qu'elle l'accueille à bras ouverts.

— Je suis venu te voir pour une raison personnelle, dit-il, adoptant le même ton détaché. J'ai pensé qu'en venant à la fermeture je pourrais t'enlever quelques instants afin que nous puissions parler sans être dérangés.

Le visage de Monet, déjà empreint de méfiance, se ferma complètement.

À une époque, il pouvait lire sur son joli visage chacune de ses pensées. À présent, il ne déchiffrait plus rien.

— C'est l'heure de la fermeture, en effet, répliqua-t-elle d'un ton sec. Pour autant, ma journée de travail n'est pas terminée, et il me reste encore beaucoup de choses à faire. Peut-être la prochaine fois que tu passeras à Londres – en me prévenant assez tôt, bien sûr –, on pourra prendre le temps de discuter.

— La dernière fois que j'ai demandé à te voir, tu as refusé.

— Mon emploi du temps ne le permettait pas.

— Non, Monet, c'est *toi* qui ne l'as pas permis. Cette fois, c'est différent. Je ne bougerai pas d'ici. Je vais attendre que tu aies terminé.

— Tu n'es pas autorisé à rester dans les lieux après la fermeture.

— Dans ce cas, j'attendrai dans ma voiture.

Il jeta un coup d'œil circulaire. Les vendeuses et les derniers clients avaient déserté l'étage.

— On peut savoir pourquoi tu travailles encore à cette heure ? Il n'y a plus personne.

— C'est moi qui dirige la boutique mariage. À ce titre, je ne m'occupe pas seulement de la vente, j'assure aussi la gestion. Mais je ne vais pas t'ennuyer avec les détails du poste. J'imagine que cela ne t'intéresse pas, ajouta-t-elle avec une pointe d'agacement.

Impassible, le regard bleu revint se poser sur elle.

— Je comprends mieux pourquoi tu fais l'ouverture et la fermeture du rayon.

— Comment sais-tu que j'étais ici à l'ouverture ?

— Parce que j'y étais. Comme tu étais très occupée, je suis parti et je suis revenu quatre heures plus tard. Tu n'étais toujours pas disponible, alors, me revoilà, conclut Marcu avec un petit haussement d'épaules désinvolte.

Monet soutint son regard et, même si son visage restait de marbre, ses grands yeux bruns le fixaient avec intensité.

— Il est arrivé quelque chose ? Un accident ?

— Non.

— Dans ce cas, pourquoi es-tu là ?

— J'ai besoin de ton aide.

— Mon aide ?

— Oui. Tu te souviens certainement de ce que j'ai fait pour toi. Eh bien, je suis venu réclamer mon dû.

Il vit Monet retenir son souffle. Il vit la braise dans son regard se transformer en glace.

— Excuse-moi, Marcu, mais j'ai beaucoup de travail ce soir. Franchement, ce n'est pas le moment.

Inflexible, il lui indiqua les sièges en velours du salon d'essayage.

— Ne serait-il pas plus simple d'en discuter maintenant ?

Monet pinça les lèvres. Connaissant l'homme, il ne bougerait pas tant qu'il n'aurait pas dit ce qu'il avait à dire. Alors, autant en finir une bonne fois pour toutes.

— D'accord, dit-elle avec un soupir, avant d'aller s'asseoir au bord d'une chaise, le dos bien droit, les chevilles croisées sous le siège.

Le cœur battant, elle le regarda prendre son temps pour s'installer. Les miroirs autour d'eux lui renvoyaient sa silhouette athlétique sous tous les angles tandis qu'il déboutonnait sa veste et ajustait tranquillement les poignets de sa chemise avant de s'installer.

Bon sang ! C'était son lieu de travail, son domaine, et il réussissait à lui donner l'impression d'être chez lui et que c'était elle l'intruse. Exactement comme à l'époque où elle vivait au palais des Uberto, logée, nourrie, salariée.

Monet détestait s'en souvenir. Elle détestait être dépendante de qui que ce soit. L'apparition de Marcu lui rappelait ce qu'elle devait à son père.

Et à lui aussi.

Huit ans auparavant, Marcu l'avait aidée à quitter Palerme. En dépit des conséquences et des questions auxquelles il ne pourrait échapper, il lui avait acheté un billet d'avion pour Londres et mis de l'argent dans son sac pour qu'elle puisse laisser derrière elle la ville où vivait la famille Uberto ainsi que sa mère, la maîtresse du père de Marcu.

Quand il l'avait déposée à l'aéroport, il l'avait prévenue que c'était à charge de revanche. Ne pensant qu'à fuir, Monet avait accepté le marché sans discuter.

Il y avait maintenant huit ans qu'elle s'était enfuie de Palerme. Huit ans depuis que Marcu lui avait dit qu'un jour il réclamerait son dû.

Ce jour était venu.

— J'ai besoin de toi pour les quatre prochaines semaines, dit-il en étendant ses longues jambes devant lui. Je sais qu'en arrivant à Londres tu as travaillé comme nounou. Aujourd'hui, je suis venu te demander de t'occuper de mes enfants.

Monet le dévisagea, interloquée.

Elle n'avait plus entendu parler de lui depuis un bout de temps. Elle avait évité tout ce qui pouvait lui rappeler le clan Uberto, l'une des plus anciennes et riches familles de l'aristocratie sicilienne. Et voilà que Marcu réapparaissait dans sa vie en lui demandant de tout laisser tomber pour venir s'occuper de ses enfants. C'était tellement absurde qu'elle aurait éclaté de rire si la demande était venue de n'importe qui d'autre. Mais, venant de Marcu, c'était différent.

Elle prit une brève inspiration et força un sourire sur ses lèvres.

— Franchement, j'aimerais pouvoir t'aider, mais je ne peux pas m'absenter de la boutique en ce moment. La fin d'année représente une part importante du chiffre d'affaires. Et puis, il y a mes clientes, mon principal souci. Je ne peux pas leur faire faux bond à quelques jours de leur mariage.

— Mon principal souci, ce sont mes enfants.

— C'est normal, mais tu demandes l'impossible, Marcu. La direction ne m'autorisera jamais à poser des congés maintenant.

— Dans ce cas, démissionne.

— Tu plaisantes ! J'ai travaillé dur pour obtenir ce poste.

— J'ai besoin de toi.

— Ce dont tu as besoin, c'est une nounou qualifiée, répliqua Monet du ton patient qu'elle prenait pour raisonner ses clientes capricieuses. Il existe des dizaines d'agences qui proposent…

— Je ne confie pas mes enfants à n'importe qui. À toi, je veux bien.

Même si c'était flatteur, Monet n'avait aucune envie de s'occuper de la progéniture de Marcu. D'accord, il l'avait aidée à s'enfuir, mais c'était à cause de lui qu'elle avait dû quitter Palerme. Il avait piétiné son cœur, il l'avait humiliée. Et il lui avait fallu des années pour s'en remettre, pour retrouver ce qu'il avait détruit, ce bien si précieux qu'est l'estime de soi.

— Merci pour ta confiance. Malheureusement, il m'est impossible de quitter mon poste à cette période de l'année.

— Dois-je te rappeler que tu as une dette envers moi ?

— Marcu…

Il se contenta de la dévisager. Sans un mot. Ce n'était pas nécessaire. Elle avait promis de payer sa dette en retour, c'est-à-dire de répondre présente le jour où il aurait besoin d'elle, et c'était à cette seule condition qu'il l'avait aidée à quitter Palerme. Au fil des années, elle avait fini par espérer – par croire – qu'un homme dans sa position n'aurait jamais besoin de son aide. Qu'il oublierait la promesse arrachée alors qu'il la conduisait à l'aéroport. Elle avait tellement espéré qu'elle en avait même oublié cette promesse.

Pas lui.

— Ce n'est vraiment pas le moment, murmura-t-elle.

— On ne choisit pas, Monet.

Elle détourna les yeux vers les hautes fenêtres de style palladien derrière lesquelles tourbillonnaient d'épais flocons de neige.

— Je connais Charles Bernard, reprit Marcu. Je suis certain qu'il te gardera le poste. Sinon, je m'engage à te trouver un nouveau job après le mariage.

Le mariage ?

Monet tourna vivement la tête. Le regard bleu de Marcu épingla le sien et le soutint.

À trente-trois ans, l'homme était toujours le même – beau comme un dieu, sûr de lui, magnétique – et, l'espace d'un instant, Monet redevint la jeune fille de dix-huit ans qui rêvait d'être dans ses bras, dans sa vie, dans son cœur…

Elle se ressaisit aussitôt. Elle n'avait plus dix-huit ans et, Dieu merci, elle n'était plus la même. Elle ne ressentait plus rien pour lui.

Alors, pourquoi ce frisson le long de son dos ? Pourquoi son cœur battait-il trop vite ?

— Je ne comprends pas, marmonna-t-elle. Quel mariage ?

— Le mien. Je vais me remarier.

Marcu hésita une seconde avant d'ajouter :

— Je suis veuf. Mon épouse est décédée à la naissance de notre dernier enfant.

Monet l'avait appris. Cela aussi, elle l'avait chassé de son esprit.

— Je suis désolée, dit-elle, s'obligeant à baisser les yeux sur le nœud de son impeccable cravate en soie.

Impeccable comme Marcu, chic et raffiné. Peut-être que, en gardant le regard fixé sur les pointes amidonnées de son col de chemise, elle réussirait à ne pas relever les yeux sur ce visage qu'elle avait tant aimé. Il lui avait fallu tellement de temps pour l'oublier qu'elle ne pouvait se permettre d'éprouver le moindre intérêt, la moindre attirance, le moindre sentiment pour cet homme.

— J'ai besoin d'aide avec les enfants jusqu'au mariage. Ça ne devrait pas durer plus de quatre semaines. Cinq maximum…

Monet faillit s'étrangler.

Quatre ou cinq semaines à travailler pour lui ? À s'occuper de ses enfants pour qu'il puisse convoler en secondes noces ?

— La lune de miel est incluse ? demanda-t-elle sèchement.

Marcu haussa les épaules.

— Je dois participer à une conférence mi-janvier à Singapour. Tout dépend si Vittoria tient à passer sa lune de miel là-bas ou si elle accepte de rester à la maison pour s'occuper des enfants.

Pendant quelques secondes, Monet le regarda, bouche

bée, sidérée par le cynisme de sa réponse. Mais tout cela ne la regardait pas. Cette histoire ne la concernait pas.

— Ne compte pas sur moi, Marcu. Désolée, mais je t'ai remboursé le prix du billet d'avion et la somme que tu m'avais prêtée. Par conséquent, nous sommes quittes.

— La dette matérielle est réglée, pas le service.

— C'est la même chose.

— Pas du tout. Tu ne me dois rien financièrement, mais tu m'es redevable pour le pétrin dans lequel tu m'as mis en quittant le palais comme une voleuse, sans dire adieu à qui que ce soit, ni à ta mère ni à ma famille. Je te laisse imaginer les rumeurs sur mon compte. C'est cette dette que je te demande de régler aujourd'hui. Je me trouve en effet dans une situation un peu compliquée et, cette fois, c'est toi qui vas m'aider.

Monet comprit qu'il était inutile d'argumenter. Marcu était inflexible. Plus jeune, il était déjà d'un naturel extrêmement déterminé. C'était d'ailleurs ce qui l'avait probablement tant attirée chez lui, elle qui avait été élevée par une mère incapable de s'enraciner quelque part, incapable de construire un foyer, incapable de décider de quoi que ce soit, incapable de prendre ses responsabilités. Candie Wilde agissait de façon impulsive et irrationnelle, et Marcu était tout le contraire. À vingt ans, il analysait déjà chaque situation avant d'agir. Il était la raison faite homme.

La seule fois où il l'avait surprise, c'était la nuit où il l'avait embrassée, caressée. Il lui avait fait l'amour, s'arrêtant juste avant de lui prendre sa virginité. Ensuite, il l'avait terrassée, humiliée par son mépris et son remords évident. En quelques minutes, l'homme tendre et sensuel s'était métamorphosé en un être mutique et glacial. Douze heures après, elle décollait de Palerme avec pour seul bagage un petit sac à dos contenant quelques vêtements. Avec sa mère, elles avaient été entretenues par le père de Marcu, et Monet n'avait rien emporté de tout ce qui venait de lui.

S'il avait été facile de quitter Palerme, il avait été difficile de l'oublier. Pas parce que sa mère lui manquait, non, mais tout le reste – la ville, le soleil, le palais, les frères et sœurs de Marcu. Mais le plus douloureux, c'était l'absence de Marcu lui-même…

La première année à Londres, elle avait passé des nuits blanches, tourmentée par le souvenir de cette soirée dans ses bras, de ses baisers, de ses caresses. Jamais, elle ne s'était sentie aussi vivante, aussi rayonnante. Il avait éveillé en elle quelque chose dont elle ne soupçonnait pas l'existence. Ensuite, il l'avait repoussée. Brutalement. Et son cœur avait volé en éclats.

Elle s'était efforcée d'oublier la Sicile. D'oublier la famille Uberto. La seule famille qu'elle ait vraiment eue.

Il lui avait aussi fallu chercher un emploi. Son père biologique, un banquier anglais qu'elle connaissait à peine, l'avait présentée à une famille qui cherchait une nounou. Elle s'était occupée des enfants pendant deux ans jusqu'à ce que les parents divorcent. Elle avait enchaîné de nouveaux contrats mais, à chaque fois, se séparer des enfants était si pénible qu'elle avait décidé de se tourner vers le commerce. Elle avait alors débuté comme caissière au rayon chapeaux du grand magasin Bernard et gravi les échelons – et les étages – à la vitesse grand V pour accéder au poste de responsable de la boutique mariage. Si d'aucuns pensaient qu'elle était trop jeune pour occuper une telle fonction, personne ne le disait car, à vingt-six ans, Monet Wilde était une travailleuse acharnée qui avait du style et du goût. Elle tenait au moins cela de sa mère.

— Je sais que ça fait beaucoup à encaisser, reprit Marcu d'une voix conciliante que démentait son regard intransigeant. Aussi, je te propose de terminer ce que tu as à faire ici. Ensuite, nous irons dîner et nous reprendrons cette conversation à tête reposée.

Il lui adressa un sourire qui se voulait encourageant.

— Tu pourras me poser toutes les questions que…

— Je n'ai aucune question, le coupa Monet, refusant de tomber sous son charme.

Il fut un temps où elle l'avait idolâtré, et il le savait. Il savait comment la manipuler mais, cette fois, cela ne se passerait pas ainsi ! C'en était fini de la petite Monet toute douce et soumise.

Elle se leva, lui signifiant que la discussion était close.

— Marcu, inutile d'insister. Ce serait une perte de temps pour toi comme pour moi. J'ai encore beaucoup de travail, et il me faut retrouver une robe d'ici demain matin avant que la mère de la mariée ne nous tombe dessus. J'aimerais pouvoir te dire que ça me fait plaisir de te revoir, mais ce serait mentir…

— Je ne te savais pas rancunière.

— Rancunière ? Pas du tout. Ce n'est pas parce que je ne peux pas te rendre service aujourd'hui qu'il faut en conclure que je t'en veux. Il y a belle lurette que j'ai tiré un trait sur ce qui s'est passé entre nous.

À son tour, Marcu se leva, la dominant de trente bons centimètres.

— Tu as promis, Monet. Je crains que tu ne puisses refuser. Par ailleurs, nous n'avons pas encore parlé des détails du contrat. Tu ne connais pas le salaire, ni les avantages.

Gagnée par l'exaspération, elle leva les bras au ciel.

— Il n'y a aucun avantage à travailler pour un Uberto !

Marcu la regarda fixement.

— Ta réaction me surprend. Tu nous considérais autrefois comme ta famille.

— J'étais jeune et naïve, et je ne le suis plus.

— Il s'est passé quelque chose après ton départ de Palerme ? Quelque chose que je ne sais pas ?

— Non. Tu sais tout.

— Alors pourquoi tant d'hostilité à l'égard des miens ? Ils t'ont fait du mal ?

Monet ne put répondre, la gorge soudain nouée par des émotions profondément refoulées qui refaisaient surface. Elle les avait tant aimés. Elle avait rêvé d'être des leurs, elle avait osé croire qu'elle pourrait appartenir un jour à cette famille, et la douleur avait été atroce quand elle avait compris que c'était impossible. Sans espoir.

Sentant poindre les larmes sous ses paupières, elle lutta pour retrouver la parole.

— Ta famille a été très généreuse de me tolérer pendant toutes ces années malgré ma condition, et plus particulièrement celle de ma mère. Alors, non, je ne lui en veux pas. Et je n'ai absolument rien contre tes frères et sœurs.

— Donc, tu en as après moi et mon père ?

C'était exactement ce que Monet voulait éviter. Remuer le passé. Raviver la souffrance. Elle planta ses ongles dans ses paumes de mains, s'efforçant de reprendre le contrôle de ses émotions.

— Peu importe. Le passé est le passé. Inutile d'en discuter.

— Au contraire, c'est important pour moi, et tu m'es redevable. Alors, nous en discuterons plus tard pendant le dîner. Termine ce que tu as à faire ici. Ma voiture t'attendra en bas.

Puis Marcu tourna les talons et se dirigea vers l'ascenseur.

Désemparée, Monet garda les yeux rivés sur son dos jusqu'à ce que l'ascenseur arrive et qu'il y entre sans s'être retourné une seule fois. Ce n'est qu'à l'intérieur de la cabine qu'il pivota et la trouva plantée là où il l'avait laissée.

Leurs regards se croisèrent en une sorte de duel silencieux jusqu'à ce que les portes se referment.

Marcu expira lentement l'air bloqué dans ses poumons. Le défi dans le regard de Monet ne lui avait pas échappé, ni la rancœur sur son visage. Naturellement, il s'était attendu à des réticences, voire à une certaine résistance de sa part, mais là, c'était ridicule. Elle ferait bien de se rappeler que c'était elle qui avait une dette envers lui, pas l'inverse.

En outre, s'il s'adressait à elle pour s'occuper des enfants, c'était en dernier recours. Parce qu'il avait épuisé toutes les ressources possibles pour dénicher quelqu'un capable de remplacer leur nounou habituelle, absente pour raison familiale. Il n'avait pensé à Monet qu'après avoir vu la dernière candidate au poste et pris conscience qu'il ne pouvait pas confier ses enfants à n'importe qui.

Il ne faisait pas confiance aux inconnus.

En fait, il ne faisait pas confiance à grand monde.

Ce qui était un problème, il en était conscient car cela le poussait à être systématiquement dans la suranalyse – un atout pour un investisseur en capital-risque dans les technologies du futur, mais un problème pour sa vie sociale. Jusque très récemment, il refusait de sortir de son cercle restreint de connaissances, mais quand il était devenu évident que ce n'était pas ainsi qu'il dénicherait une nouvelle épouse pour élever ses jeunes enfants, il n'avait eu d'autre choix que de s'aventurer au-delà. Après une série de soirées en tête à tête insupportables, il avait enfin découvert la candidate adéquate en la personne de Vittoria Bonfiglio, vingt-neuf ans. Il avait prévu de lui demander sa main à l'occasion du réveillon de Noël et d'officialiser leur union dans la foulée en petit comité, quitte à organiser une réception plus tard. Naturellement, pour faire sa demande, il lui fallait disposer d'un minimum d'intimité avec elle – condition difficilement envisageable avec des enfants dans les jambes en l'absence de nounou.

C'était là que Monet lui avait traversé l'esprit. Il n'avait pas pensé à elle depuis des années, mais elle lui était soudain apparue comme la solution idéale. Il la connaissait, elle n'avait jamais trahi sa confiance et s'était toujours montrée extrêmement patiente avec ses jeunes frères et sœurs. Pourquoi ne le serait-elle pas avec ses enfants ?

Quand Marcu avait quelque chose en tête, il n'en démordait pas. En moins d'une heure, il avait localisé Monet – elle habitait Londres et travaillait pour le grand magasin Bernard. Elle était célibataire. Peut-être avait-elle un petit ami, mais Marcu s'en fichait. Il avait besoin d'elle pour quatre semaines, cinq maximum. Elle reprendrait son travail dès qu'il aurait une nouvelle épouse et que son problème de garde d'enfants serait définitivement réglé.

Il ne lui était pas venu à l'idée qu'elle puisse refuser puisqu'elle avait une dette envers lui.

De longues secondes après le départ de Marcu, Monet resta figée sur place, assommée, incapable de faire quoi que ce soit si ce n'est de souhaiter voir le sol s'ouvrir sous ses pieds pour l'engloutir.

Toute la journée, elle avait attendu avec impatience de regagner son appartement pour pouvoir se prélasser dans un bain parfumé, se mettre en pyjama et déguster un chocolat chaud devant son émission de télévision préférée.

Elle n'était pas près de rentrer chez elle, maintenant. Il n'y aurait ni bain, ni chocolat chaud, ni soirée télé.

Lentement, elle balaya la boutique du regard. Au fil des années, elle avait fini par se sentir chez elle dans cet espace élégant et luxueux. Elle était douée pour ce métier, sachant apaiser la nervosité des futures mariées, les rendre éblouissantes et organiser le plus beau jour de leur vie. Qui aurait cru cela d'elle, la fille illégitime d'une actrice française de seconde zone et d'un banquier anglais volage ? Elle qui avait vécu une vie de nomade entre la France, l'Angleterre, les États-Unis et la Sicile. Les premières années de son enfance étaient un chaos de nouveaux visages, de nouvelles villes. C'était à Palerme qu'elle avait vécu le plus longtemps – de l'âge de douze ans jusqu'à ses dix-huit ans. Après son départ, sa mère était restée encore quelque temps avec le noble et riche Matteo Uberto, mais Monet n'avait plus jamais remis les pieds en Sicile. Elle ne voulait plus entendre parler des Uberto.

Trois ans plus tôt, quand Marcu avait essayé de la voir à Londres, elle l'avait rabroué de la même façon qu'elle avait repoussé son père, l'année précédente, lorsqu'il avait sonné à sa porte avec un bouquet de fleurs et un luxueux déshabillé de satin rose plus approprié pour une amante que pour la fille d'une ex-maîtresse. C'était cette visite qui l'avait définitivement convaincue de fermer la porte sur le passé – à double tour.

Elle n'avait rien en commun avec la famille Uberto. Certes, ils étaient allés ensemble au théâtre et à l'opéra. Oui, elle avait passé avec eux des vacances en bord de mer et des Noëls au palais. Mais, finalement, elle n'avait jamais été des leurs, même s'ils avaient été trop polis et bien élevés pour le lui dire. Elle n'était pas de leur monde. Elle n'était qu'une bâtarde, fruit de la liaison éphémère d'un banquier anglais infidèle et d'une actrice française, plus connue pour ses aventures avec des amants fortunés que pour ses talents de comédienne. Et Monet avait été traitée en conséquence – comme une fille facile et sans importance, quelqu'un d'insignifiant que l'on peut rejeter du jour au lendemain.

Elle aurait pu supporter d'être taxée de fille facile, car elle se moquait du jugement des autres. Sauf du jugement de Marcu. Elle avait eu besoin de son amour et de son respect. Besoin d'être importante à ses yeux. Mais il avait été le premier à lui faire prendre conscience de sa condition. Il avait été le premier à la faire se sentir méprisable, honteuse d'être celle qu'elle était.

La leçon avait été cruelle, et Monet s'était juré de ne plus jamais dépendre de qui que ce soit. Décidée à respecter ce pacte passé avec elle-même, elle avait tiré un trait sur tout ce qui lui rappelait sa mère, son passé mouvementé et bohême. Elle n'était plus la fille de Candie Wilde. Elle était elle-même, sa propre création. Contrairement à sa mère, elle n'avait pas besoin d'hommes dans sa vie. Peut-être avait-elle tort, mais elle préférait vivre seule et se méfier d'eux plutôt que de répondre à leurs avances. La plupart ne se décourageaient pas pour autant. Ils étaient attirés par sa beauté naturelle, l'ossature délicate de son visage, sa silhouette fine et racée, ses lèvres pulpeuses, ses yeux d'ambre doré et sa longue chevelure brune. Mais, sous ses allures de sirène, elle était aussi chaste qu'une nonne. À vingt-six ans, elle était encore vierge – peut-être même frigide, mais elle s'en moquait. Elle se moquait de ce que les hommes pensaient d'elle. À leurs yeux, les femmes, n'étaient rien moins que des jouets et elle s'était juré de ne jamais être le jouet de qui que ce soit. Sa mère, Matteo et Marcu Uberto avaient tout fait pour.

2.

Une heure plus tard, quand Monet se décida enfin à sortir, elle repéra aussitôt la limousine stationnée devant les portes du grand magasin.

À peine avait-elle mis le pied sur le trottoir que le chauffeur s'approchait avec un parapluie pour la protéger des tourbillons de neige. Elle murmura un remerciement et s'installa à contrecœur sur la banquette arrière tout en glissant un regard furtif à Marcu.

— En quoi consiste exactement ton travail ? demanda-t-il négligemment tandis que la limousine se glissait dans la circulation.

Monet posa son sac à main sur ses genoux, désagréablement consciente de ses doigts crispés sur les anses.

— Gérer les achats auprès des maisons de couture, anticiper la demande. Aider les futures mariées à trouver la robe de leurs rêves, et éviter que leurs mères ne les stressent davantage.

— Curieux choix professionnel de ta part.

Monet serra les dents. D'entrée de jeu, Marcu frappait là où cela devait faire mal.

— Parce que ma mère ne s'est jamais mariée ?

Il trouvait sans doute ironique qu'elle conseille de futures épouses, mais rares étaient ceux qui connaissaient ses antécédents familiaux. Aujourd'hui, les seuls à savoir étaient son père biologique, qui ne s'était jamais soucié d'elle, et les Uberto.

— Tu as pu régler tout ce que tu avais à faire ce soir ?

reprit Marcu au bout de quelques minutes, sur un ton de politesse exagérée.

Agacée, Monet leva les yeux au ciel.

— Non.

— Il y a trois ans, tu travaillais déjà chez Bernard ?

— Oui.

— Pourquoi as-tu refusé de me voir ?

Monet poussa un soupir.

— Parce que c'était inutile.

Elle tourna la tête vers Marcu et contempla son profil éclairé par les lumières de la ville, frappée une fois de plus par la perfection de ses traits – ses lèvres pleines et fermes, surmontées d'un nez droit, sa mâchoire affirmée et son menton volontaire. Mais ce n'était pas chaque trait pris séparément qui le rendait si séduisant, c'était leur alliage – la fossette aux coins de ses lèvres, les petites rides encadrant ses yeux, le feu bleuté de son regard.

Elle s'obligea à détourner la tête.

— Je ne comprends pas pourquoi, dit-il simplement.

— Tu étais un homme marié, et j'étais une femme célibataire. À quoi bon se voir ?

— Je ne venais pas pour coucher avec toi.

— Comment pouvais-je deviner ? Ton père était bien venu pour ça.

— Quoi ?

Monet haussa les épaules avec un soupir las, épuisée par sa journée de travail et par la réapparition de Marcu. Elle en avait assez de se taire, assez de garder tout ce qu'elle avait sur le cœur. Après tout, pourquoi ne pas dire la vérité ?

— Ton père est passé me voir une dizaine de mois avant toi. Il est venu sonner à ma porte avec des cadeaux.

— C'était par gentillesse. Ta mère venait de mourir.

— Il aurait été plus approprié de m'offrir autre chose qu'un déshabillé de satin rose. C'était inconvenant.

— Il a offert le même à mes sœurs, à l'occasion d'un Noël. Pourquoi trouves-tu son cadeau scandaleux ?

Parce qu'il me méprisait, songea Monet en détournant la tête pour regarder la ville qui défilait sous ses yeux. Elle regrettait déjà d'avoir parlé de cette visite à Marcu. Comment aurait-il pu la croire, lui qui avait adulé son père ?

Le silence s'étira entre eux. La neige tombait de plus en plus drue, lourde et humide.

— Quand j'ai demandé à te voir, ce n'était pas pour faire de toi ma maîtresse, reprit soudain Marcu. Je voulais te voir parce que je venais de perdre mon épouse et que j'avais besoin de conseils. Je croyais que tu pourrais m'aider, mais j'avais tort.

Monet eut l'impression qu'un couteau mal aiguisé lui transperçait la poitrine.

— Excuse-moi, je ne savais pas.

— Tu savais tout de même que j'étais marié et que j'avais des enfants ?

Elle hocha la tête. À peine six mois après qu'elle avait quitté Palerme, Marcu avait épousé Galeta Corado, unique héritière d'une noble et richissime famille du nord de l'Italie, sicilienne par sa lignée maternelle.

Monet n'avait pu éviter de voir les photos du mariage qui s'étalaient à la une des magazines people. Le premier enfant était arrivé huit mois plus tard, et la rumeur prétendait que Galeta était déjà enceinte au moment des noces. Monet avait alors décidé de ne plus jamais ouvrir un seul de ces journaux. Elle ne voulait plus rien savoir de la vie de Marcu Uberto. De son épouse, de ses enfants. Elle ne voulait plus se rappeler. Elle ne voulait plus souffrir à chaque fois qu'elle lisait son nom.

En même temps, cette souffrance la déconcertait car elle avait quitté Palerme en se persuadant qu'elle n'aimait pas vraiment Marcu. Que ce qu'elle éprouvait pour lui, c'était uniquement de la curiosité, une attirance purement physique, pas de l'amour véritable. Ce n'était qu'après son mariage avec Galeta et la naissance de leur premier enfant qu'elle avait réalisé à quel point ses sentiments pour lui étaient bien plus forts et profonds qu'elle n'avait voulu se l'avouer. S'il s'était agi d'une simple curiosité, il ne lui aurait pas tant manqué. Non, elle souffrait parce qu'elle était profondément, irrémédiablement amoureuse de Marcu.

Monet tourna de nouveau la tête vers lui. Elle avait encore du mal à croire qu'il puisse être assis là, à côté d'elle. Elle se sentait déboussolée, prise dans un tourbillon d'émotions contradictoires. À trente-trois ans, il était toujours aussi beau. Peut-être même encore plus qu'à vingt ans. Ses traits s'étaient affirmés, ses pommettes étaient plus saillantes et ses yeux toujours du même bleu intense.

— Comment est-elle morte ? demanda-t-elle, tout en essayant de remettre de l'ordre dans ses pensées.

— Rupture d'anévrisme cérébral trois jours après l'accouchement. Une complication rare qui représente cependant dix pour cent de la mortalité maternelle, d'après les médecins.

Marcu prit une courte inspiration, le regard rivé sur la vitre de séparation derrière la tête du chauffeur.

— Je n'étais pas là quand c'est arrivé. Je venais de décoller pour New York, certain qu'elle était en sécurité au palais avec la nounou et l'infirmière de nuit.

— Tu t'en veux ?

Il aurait préféré ne pas avoir à répondre.

— Je regrette de ne pas être resté près d'elle au lieu de prendre ce vol. Peut-être aurais-je réagi plus vite. Peut-être les médecins auraient-ils pu la sauver.

Ne sachant que dire, Monet resta muette dans le silence qui résonnait des paroles empreintes de tristesse et du va-et-vient des essuie-glaces en rythme avec les battements douloureux de son cœur.

Bien sûr, elle avait de la peine pour Marcu. Pour autant, elle n'avait rien à voir avec cette situation.

— La famille de Galeta ne peut pas s'occuper des enfants ? demanda-t-elle alors qu'ils traversaient le quartier des affaires déserté par sa faune habituelle de cadres dynamiques à cette heure tardive. Et ta famille ? Elle ne peut pas t'aider ?

— Galeta était fille unique, et ses parents sont décédés. Mon père aussi. Quant à mes frères et sœurs, ils sont trop absorbés par leurs propres vies.

— Tout comme moi.

— Certes, mais tu me dois un service. Et j'ai besoin de toi quelques semaines seulement, pas des années.

De nouveau, cette sensation de lame mal aiguisée lui lacérant le cœur. Monet jeta un coup d'œil par la fenêtre.

— Je te l'ai dit, ce n'est pas le bon moment.

— Existe-t-il un bon moment ?

— Non…, dit-elle avec lassitude en replaçant une mèche de cheveux derrière son oreille.

Elle était fatiguée. Elle n'avait qu'une envie, rentrer chez elle, se débarrasser de son tailleur et de ses escarpins pour se mettre en pyjama et grignoter quelque chose de chaud.

— Je ne veux tout simplement pas travailler pour toi, Marcu. Ni aujourd'hui ni demain.

— Je sais.

La limousine s'arrêta devant un ancien gratte-ciel de la City. Marcu sortit pour venir lui ouvrir sa portière. Refusant la main qu'il lui tendait, elle descendit en s'écartant ostensiblement pour éviter tout contact avec lui.

Il se contenta de lui glisser un regard moqueur, mais ne dit mot et s'avança vers une lourde porte en bois surmontée d'une caméra discrètement enchâssée dans la pierre grise. Quelques secondes après, le battant s'ouvrit pour les laisser entrer dans un vaste hall faiblement éclairé, silencieux et austère. Au fond, il y avait un escalier ; sur leur droite, un ascenseur de service.

Monet suivit Marcu dans l'ascenseur. Au lieu de monter, la cabine descendit dans les profondeurs du bâtiment pour s'ouvrir sur ce qui ressemblait à l'entrée d'une salle des coffres protégée par une porte blindée.

Marcu s'effaça pour la laisser sortir. Un homme en costume sombre vint aussitôt les accueillir.

— *Sir* Uberto, quel plaisir de vous revoir.

Ils franchirent la porte blindée, passèrent devant un élégant bar de verre et d'acier derrière lequel un barman préparait des cocktails, traversèrent une salle de restaurant dont les tables éclairées par des chandeliers étaient toutes occupées, pour arriver enfin dans un salon privé où il n'y avait qu'une seule table dressée pour deux.

Etonnée, Monet s'installa sur la chaise rembourrée. L'endroit était bien plus accueillant qu'il n'y paraissait de prime abord.

Un serveur apporta un plateau chargé de boissons fraîches, d'olives et de toasts.

— Nous sommes ici dans ce qui était autrefois la Banque de Sicile, expliqua Marcu. Le bâtiment héberge à présent un club privé.

— Je parie que ton père en était membre et que tu as hérité de sa carte, commenta Monet en prenant une olive.

— En fait, la banque appartenait à mon grand-père. Mon père l'a fermée peu de temps avant sa mort et, comme il n'y avait personne pour racheter le bâtiment à sa juste valeur, j'ai décidé de transformer la salle des coffres en club privé.

— Qu'est devenu le reste ?

— Un hôtel avec salle de sport et espace bien-être.

— C'est ici que tu viens quand tu es de passage à Londres ?

— Oui. Je dispose d'un appartement au dernier étage.

— Il doit être spacieux.

— À t'entendre, c'est plus une affirmation qu'une interrogation, commenta Marcu en se renversant contre le dossier de son siège.

— Exact, répliqua Monet avant de remercier le serveur qui lui tendait un menu.

Elle n'avait rien mangé de la journée et, quand elle repéra l'entrecôte grillée, son choix fut vite fait.

Après avoir passé commande, Marcu alla droit au but.

— J'ai besoin de toi immédiatement. Je n'ai pas eu le temps de le préciser, mais les enfants passent les fêtes de fin d'année dans le château familial de Galeta, au-dessus du village d'Aoste dans les Alpes italiennes. J'aurais préféré partir ce soir, mais c'est trop tard. Nous partirons donc tôt demain matin.

— Je n'ai pas dit oui.

— Tu ne peux pas dire non.

Monet leva les yeux au ciel avec un soupir frustré parce qu'il avait raison. Elle lui était redevable.

— Janvier, ce serait mieux pour moi.

— Je te l'ai déjà dit, j'ai une réunion à Singapour mi-janvier et j'aimerais que tout soit réglé d'ici là.

— C'est-à-dire ?

— Que je sois marié et que Vittoria puisse s'occuper des enfants.

— Ils la connaissent ?

— Ils lui ont été présentés.

Monet dévisagea Marcu d'un œil incrédule.

— Je ne sais pas qui est le plus à plaindre, de ta future épouse ou de tes enfants. Où est donc passée ta sensibilité ?

— Il y a longtemps que je ne me laisse plus émouvoir par des niaiseries sentimentales.

— Pauvre Vittoria…

— Je n'ai pas l'âme romantique. Je ne l'ai jamais eue.

— C'est toi qui dis ça ? Toi qui adorais Puccini et l'écoutais des heures durant ?

— *Tu* adorais Puccini. Je n'ai fait qu'encourager ton goût pour l'opéra.

Monet le contempla fixement, essayant de composer avec cette nouvelle version de Marcu. Une version difficile à accepter.

— Franchement, tu ferais mieux d'embaucher une nouvelle nounou au lieu d'essayer d'arranger les choses en prenant une nouvelle épouse. Les épouses sont des êtres humains dotés de sentiments.

— Toutes n'ont pas besoin de démonstrations sentimentales. Vittoria est d'un naturel pragmatique, tout comme toi, j'espère. Je te verserai cent mille euros pour les cinq prochaines semaines. Cette somme devrait largement couvrir ta perte de salaire chez Bernard.

— Et si je ne retrouve pas mon poste ?

— Tu continueras à toucher vingt mille euros par semaine jusqu'à ce que tu aies décroché un nouveau job.

Monet ravala un hoquet de stupéfaction.

— C'est beaucoup d'argent.

— Le bien-être de mes enfants n'a pas de prix.

— Parce que tu culpabilises pour la mort de leur maman ?

— Pas du tout. Je fais simplement ce qu'il faut pour leur assurer une vie de famille normale. C'est l'unique raison pour laquelle je me remarie. Ils ont besoin d'une mère qui saura mieux que moi gérer leur quotidien et leurs émotions.

— Mais cette mère de substitution dont tu parles n'est qu'une étrangère pour eux.

— Au début, oui. Mais le lien finira par s'établir. Et, quand un bébé naîtra de cette union, ils seront ravis d'avoir un petit frère ou une petite sœur.

Monet fixa sur lui un regard consterné. Croyait-il vraiment que des enfants ayant perdu leur maman puissent être ravis de partager l'attention de leur père avec une nouvelle femme et un nouveau bébé ?

— Dommage que ton master en finance n'ait pas prévu des cours de psychologie. Tu aurais peut-être appris que les enfants dont l'existence a été bouleversée par la perte d'un parent ne sautent pas forcément de joie à l'idée d'un tel changement.

— Je me doute qu'au début ils ne vont pas comprendre. Ils sont encore petits, mais leur jeune âge est aussi un atout. Ils s'attacheront à cette nouvelle figure maternelle, de la même façon qu'ils sont très attachés à leur nounou. J'appréhende le jour où je vais devoir leur annoncer que Mlle Sheldon nous quitte pour de bon.

— Je croyais qu'elle était simplement partie en congés.

— Oui, mais il y a des signes avant-coureurs. Ce n'est qu'une question de temps. Elle est tombée amoureuse de mon chauffeur, ajouta Marcu après une hésitation. Ils sortent ensemble en cachette depuis des mois. Ils s'imaginent que je ne le sais pas, mais ils ne sont pas très discrets.

— En quoi ça l'empêche de continuer à travailler pour toi ?

— Ils vont certainement vouloir se marier et fonder une famille. Je sais comment ça se passe. Ce n'est pas notre première nounou et ce ne sera pas la dernière.

— Elle n'est pas encore partie…

— Cessons de parler de Mlle Sheldon. Ça ne te concerne pas. Tout ce qu'il te faut savoir, c'est que tu n'auras aucune perte de revenu pendant les semaines où tu travailleras pour moi.

Monet serra les dents, agacée par son ton cassant et son arrogance qui lui donnaient la nausée. Imaginer l'avoir pour patron lui donnait envie de se sauver à toutes jambes. Et dire qu'elle avait cru être amoureuse de cet homme qui l'avait jugée indigne de lui !

Les paroles échangées entre Marcu et son père restaient gravées dans sa mémoire. Les filles comme elle n'étaient pas pour les hommes de leur monde. Elle avait beau être charmante, c'était le genre de femme que vous preniez pour maîtresse, pas pour épouse.

Entendre cela à dix-huit ans. Se sentir si durement méprisée – rejetée – l'avait traumatisée, faussant sa perspective des choses, modifiant à jamais sa vision du monde et des êtres.

— Je ne peux pas travailler pour toi, dit-elle sèchement. Pas question d'être à ta disposition.

— Tu ne me verras pas. Je serai en voyage d'affaires les premiers jours. Ensuite, j'emmène Vittoria skier pour Noël. Par conséquent, sauf imprévu, je serai de retour seulement après le nouvel an.

— Tu ne passeras pas Noël avec tes enfants ?

— Non. C'est bien pour ça que je suis venu te chercher. Je ne serai pas avec eux, mais toi, si.

Monet éprouva un élan de pitié pour ses enfants. Elle avait du mal à croire que Marcu ait pu se métamorphoser en un être aussi cynique et froidement pragmatique, lui, le grand frère adoré, si chaleureux et attentionné quand il était jeune.

— Ils sont au courant ?

— Ils savent que ce sera différent cette année, mais rien de plus. J'attends que mon mariage avec Vittoria soit officialisé.

— Mais comment vont-ils réagir quand ils apprendront que tu ne fêtes pas Noël avec eux ? Tu vas leur manquer.

— Ça m'étonnerait. Il se peut même qu'ils soient soulagés. Je sais qu'ils s'amusent plus avec Mlle Sheldon quand je ne suis pas là…

— Tout de même… C'est moche de les quitter au moment de Noël.

— Arrête avec ça ! marmonna Marcu. Je ne suis pas doué comme père. Je ne sais pas faire. Que veux-tu que je te dise de plus ?

La souffrance qu'elle perçut dans sa voix la réduisit au silence. Elle attendit un peu jusqu'à ce qu'elle fût sûre de pouvoir parler calmement.

— J'essaie seulement de comprendre, Marcu. Mais tu as raison, ça ne me regarde pas. Même si je compatis pour tes enfants, je ne suis pas celle qu'il te faut pour remplacer leur nounou.

— Tu as pourtant de l'expérience dans ce domaine.

— Ce n'étaient que des jobs temporaires jusqu'à ce que je décroche un poste permanent chez Bernard. De toute façon, je te l'ai déjà dit, je ne peux pas m'absenter du jour au lendemain. Je dois d'abord en parler à la direction, réorganiser l'équipe…

— C'est fait. J'ai appelé Charles.

— Charles… Charles Bernard ? dit Monet, stupéfaite.

Marcu confirma d'un signe de tête impatient.

— Il a parfaitement compris l'urgence de ma situation.

— L'urgence ? Quelle urgence ? demanda-t-elle, hors d'elle, en dépit de ses efforts pour garder son calme. Aller skier avec ta copine pendant les congés de la nounou, ce n'est pas une urgence !

— Je n'ai personne pour s'occuper des enfants.

— Tu n'as qu'à faire comme tout le monde : recruter quelqu'un auprès d'une agence d'intérim. Si tu ne veux pas, c'est ton problème, pas une urgence.

Marcu haussa les épaules.

— Tu as tort. Charles pense comme moi qu'il est imprudent de confier de si jeunes enfants à une inconnue. Quand je lui ai parlé de tes liens avec ma famille, il a lui-même reconnu que tu étais la mieux placée pour t'en occuper en mon absence.

Quel manipulateur ! Quel toupet ! Monet était tout simplement sidérée.

— Je ne peux pas croire que tu aies eu le culot d'aller pleurnicher auprès de mon patron parce que ta nounou prend des congés juste au moment où tu prévois d'aller skier !

— Ça n'a rien à voir avec le ski, Monet. Je vais faire une demande en mariage.

— Peu importe, ce n'est pas mon problème. Je suis furieuse que tu aies parlé de moi à Charles Bernard.

— Tu devrais plutôt me remercier. Maintenant qu'il connaît nos liens familiaux, je parie que tu bénéficieras d'une promotion accompagnée d'une augmentation de salaire substantielle quand tu réintégreras ton poste.

— Tu lui as expliqué quelle était la nature de nos liens « familiaux » ? Tu lui as dit que ma mère était la maîtresse de ton père ? Charles Bernard est plutôt conservateur…

— Il sait ce qui nous unit, tout comme il sait que tu es la fille d'un banquier, membre influent du conseil d'administration du groupe Bernard. Ce qui explique sans doute ta rapide ascension dans l'entreprise.

Monet ouvrit la bouche et la referma tel un poisson manquant d'oxygène. Elle n'avait pas parlé à son père depuis des années. Pas depuis qu'il l'avait aidée à décrocher son premier job de nounou.

— Mes promotions, je les ai obtenues grâce à mon travail, certainement pas grâce à mon père.

— Il est cependant une figure respectée du monde de la finance.

— Et après ? Je ne l'ai pas vu plus d'une demi-douzaine de fois dans toute ma vie. Il ne s'est jamais soucié de moi, et s'il m'a donné quelques références pour trouver du travail quand j'ai débarqué à Londres, c'est uniquement parce que je suis allée lui demander de l'aide. Il a d'abord rechigné, puis il s'est ravisé quand j'ai menacé de me présenter à son épouse et à ses enfants.

Marcu haussa un sourcil, l'air sceptique.

— Tu crois qu'ils ne connaissent pas ton existence ?

— Je suis certaine qu'ils ne savent rien de moi et c'est très bien ainsi. Tout le monde peut faire une erreur. Ma mère fut celle d'Edward.

— Tu l'appelles Edward ?

— Je ne vais tout de même pas l'appeler papa. Il ne voulait pas de moi, il a payé ma mère pour qu'elle avorte. Au lieu de ça, elle a pris l'argent pour aller s'installer aux États-Unis. La suite, tu la connais. Edward tolère mon existence parce qu'il n'a pas le choix. Tout comme ton père me tolérait parce qu'il n'avait pas le choix. Et l'adolescente que j'étais n'avait elle aussi d'autre choix que d'accepter cet état de fait. Mais, depuis, j'ai acquis mon indépendance. C'est pourquoi je refuse de travailler pour toi malgré la compensation financière. Je ne veux plus être traitée comme quelqu'un dont on peut disposer à sa guise.

— Je ne t'ai jamais traitée ainsi.

— C'est pourtant ce que tu as fini par faire.

— Tu veux parler du baiser ?

Monet rougit.

— C'était plus qu'un baiser.

— Tu étais consentante. Ne dis pas le contraire.

— En effet, tu ne m'as pas forcée. Mais la réalité s'est avérée bien différente de celle que j'imaginais.

— Je ne comprends pas.

Monet prit une inspiration, puis une autre, luttant pour se ressaisir. Pleurer serait une catastrophe, l'humiliation finale.

— Tu m'as fait croire que nous étions sur un pied d'égalité alors que ce n'était pas vrai.

— Je ne saisis toujours pas.

— Tant pis. De toute façon, ça n'a plus d'importance. Il y a huit ans, j'ai quitté Palerme pour une bonne raison et je ne veux plus rien avoir à faire avec toi. Je te demande donc d'effacer la dette, d'oublier que je te suis redevable et de tirer un trait sur le passé une bonne fois pour toutes.

Marcu se raidit, pris au dépourvu. Monet avait raison. Il ferait mieux de tirer un trait sur le passé, oublier les années partagées à Palerme et la laisser partir. Pourtant, c'était la dernière chose qu'il voulait.

C'est alors qu'il comprit…

Il s'était menti à lui-même en prétendant que Monet était son dernier recours pour remplacer Mlle Sheldon. En réalité, il avait interviewé une bonne dizaine de candidates sans se décider tout simplement parce que ce n'était pas Monet. Il leur avait systématiquement trouvé un défaut pour pouvoir écarter leur candidature et se trouver une excuse pour être ici ce soir avec elle et lui dire « j'ai besoin de toi ».

Parce qu'il avait vraiment besoin d'elle.

Il avait besoin de son aide, le temps qu'il trouve le moyen d'offrir une vie plus équilibrée à ses enfants. Il les adorait, mais il ne savait pas comment s'y prendre avec eux. Il n'était ni patient ni tendre et, avec ses bureaux à New York et les petits en Sicile, il n'était pas disponible, s'absentant souvent plusieurs semaines d'affilée. Et ce n'était pas seulement l'inquiétude qui le rongeait quand il était loin d'eux, c'était aussi la culpabilité et le dégoût de soi.

Galeta avait été une épouse attentionnée et loyale. Ils ne s'étaient pas mariés par amour, mais ils étaient devenus amis, avaient formé une équipe. Galeta avait créé pour lui et leurs enfants un foyer aimant. Sa mort avait été une tragédie qu'il ne se pardonnait pas. Il aurait dû connaître les risques dans les jours suivant l'accouchement. Il aurait dû rester près de son épouse à sa sortie de la maternité au lieu de s'envoler pour New York.

Galeta méritait mieux. Et leurs enfants aussi. Il n'était pas le père qu'il avait espéré être. Alors, même s'il n'avait aucune envie de se remarier, il épouserait Vittoria et veillerait à ce qu'elle comprenne que les enfants étaient la priorité.

D'ici là, il avait besoin de Monet. Elle seule pouvait l'aider.

— Pas question d'effacer la dette, répliqua-t-il d'un ton dur pour dissimuler son trouble. Il y a huit ans, je t'ai rendu service. Aujourd'hui, c'est ton tour. Tu m'es redevable. Tu as vécu suffisamment longtemps chez nous pour savoir que c'est une question de principe en Sicile.

Monet essaya d'ignorer l'étau qui se resserrait inexorablement autour de sa poitrine.

— Je sais aussi que tu pourrais te montrer plus compréhensif.

— Pas quand il s'agit de mes enfants.

Lentement, Monet se renversa contre le dossier de sa chaise, sa frêle silhouette vibrant de colère.

Marcu ne l'avait jamais vue sous ce jour. La fille dont il se souvenait à Palerme était douce et réservée, et voilà qu'il découvrait une tout autre personne. Sous la façade docile, il y avait un caractère bien trempé et combatif. Il en était tout à la fois admiratif et soulagé. Son monde était peuplé de gens prêts à satisfaire ses moindres désirs parce qu'il était riche et puissant. Or, il était difficile de faire confiance à ceux qui n'avaient d'autre but que de vous plaire. Ces gens-là étaient dangereux. Ils pouvaient être achetés. Mais, avec Monet, il n'avait visiblement rien à craindre de ce côté-là.

— Je ne t'aime pas, dit-elle, les lèvres tremblantes avant de les pincer en une ligne sévère.

Les mots restèrent suspendus entre eux.

Marcu les laissa planer, même s'il mourait d'envie de lui

rappeler qu'il fut un temps où elle le suivait comme son ombre, totalement dévouée, toujours prête à prendre son parti. De son côté, il la protégeait discrètement, conscient des revers qu'elle avait l'habitude d'encaisser sans jamais se plaindre. Candie, sa mère, ne se souciait absolument pas d'elle, et Matteo Uberto ne faisait en effet que tolérer la fille de sa maîtresse.

— Aujourd'hui, tu ne m'aimes *plus*, répliqua-t-il d'un ton posé. Mais nous savons que ça n'a pas toujours été le cas.

— Cela devrait tout de même te dissuader de me confier tes enfants.

— Ton hostilité a le mérite d'être franche, et je te sais trop droite pour laisser tes sentiments personnels à mon égard leur causer le moindre tort.

— Tu me connais mal. Je ne suis plus la fille qui a quitté Palerme il y a huit ans sans rien d'autre que son sac à dos.

— Et cinq mille euros en poche.

— Tu ne comprends donc pas ? marmonna Monet en se levant brusquement. Je ne voulais pas de ton argent et je n'en veux toujours pas !

Elle était sur le point de se sauver, mais il ne lui en laissa pas le temps. Vif comme l'éclair, il lui saisit le poignet.

— Assieds-toi, dit-il calmement. Discutons.

— Inutile ! Tu n'écoutes pas, répliqua Monet en tentant de se libérer.

Marcu resserra l'étreinte de ses doigts.

— Je te le redis, je ne peux pas quitter mon poste maintenant ! reprit-elle d'une voix vibrante de colère et de frustration. Peut-être en janvier…

— Mlle Sheldon sera rentrée. Je n'aurai plus besoin de toi.

Il la lâcha, espérant qu'elle se rassiérait. Elle n'en fit rien et resta debout, furieuse et indignée.

— Je ne peux pas m'absenter cinq semaines… Nous sommes mi-décembre. Ça me mène jusqu'à mi-janvier.

— Alors, disons quatre semaines. Tu veux bien te rasseoir, s'il te plaît ?

— Ça nous mène toujours à la mi-janvier.

Marcu resta silencieux un moment, l'air pensif.

— D'accord pour trois semaines à partir de demain, reprit-il. Mais seulement si tu reprends ta place. Inutile de nous donner en spectacle.

— Il n'y a personne d'autre ici.

— Moi, je suis là et je trouve ça gênant.

— Ah oui, j'oubliais… Ça ne se fait pas ! ironisa Monet en se rasseyant lentement. Deux semaines.

— Trois.

Monet prit son verre de vin pour siroter une gorgée en espérant que Marcu ne verrait pas sa main trembler.

— Je ne veux pas être là quand tu reviendras après les fêtes avec Vittoria.

— D'accord. Mon jet privé te ramènera chez toi le premier week-end de janvier.

— Avant si vous rentrez plus tôt. Je ne tiens pas à te voir faire les honneurs de la maison à ta nouvelle épouse.

— D'accord.

— Autre chose… Il faut que je passe au magasin, demain matin. Je dois retrouver une robe de mariée.

— Nous devons rentrer en Italie.

— *Tu* dois rentrer en Italie. Pas moi, objecta Monet, le regard brûlant d'une indignation qu'elle contenait à grand-peine. Il faut que je retrouve cette robe avant de partir. Donne-moi jusqu'à midi. J'ai promis à ma cliente, et une promesse est une promesse.

Marcu plissa les yeux comme s'il la jaugeait, puis hocha la tête.

— Très bien. Ma voiture passera te prendre chez Bernard à midi. Nous partirons directement à l'aéroport.

Monet esquissa un sourire suave.

— Tu n'as pas peur que je me sauve ?

Marcu fixa la courbe impertinente de ses lèvres, et le désir lui brûla les reins. Dieu merci, il ne passerait pas beaucoup de temps ensemble. Il la conduirait au château et prendrait vite le large. Monet avait toujours mis sa maîtrise à rude épreuve. Les huit années qui venaient de s'écouler n'y avaient rien changé.

— Non. Parce qu'une promesse est une promesse.

3.

Le Learjet survolait les sommets enneigés du sud-est de la France, étincelants sous l'éclat du soleil de fin d'après-midi. En dépit du spectacle, Monet gardait les yeux fermés. Pas par peur de l'avion, mais parce qu'elle avait l'estomac noué par l'anxiété tant cette situation était absurde.

Elle allait passer Noël avec Marcu – rectificatif : elle allait passer Noël avec les enfants de Marcu, puisque *lui* le passerait ailleurs avec sa future épouse.

Quand elle était enfant, elle appréhendait les vacances de fin d'année. Soit sa mère ne fêtait pas Noël, soit c'était chez des inconnus aux regards desquels elle était invisible. Fillette oubliée, elle regardait les gens s'amuser. Ce n'était qu'après avoir déménagé à Palerme qu'elle avait découvert la magie de Noël. Au palais des Uberto, les festivités se déroulaient dans une atmosphère de liesse de la mi-décembre à la mi-janvier. Il y avait des spectacles, des concerts, des plats traditionnels, des sucreries et des cadeaux. Naturellement, Monet se tenait en retrait, soucieuse d'éviter d'attirer l'attention sur elle et sur sa mère. Une mère fantasque qui ne l'avait pas vraiment désirée, mais qui l'aimait assez pour lui faire suivre ses errances, et cependant pas assez pour lui accorder une réelle place dans son existence.

Troublée par les souvenirs, Monet rouvrit les yeux pour glisser un regard en biais vers Marcu assis de l'autre côté de l'allée, le nez plongé dans ses dossiers depuis le décollage. Il semblait avoir oublié sa présence, et Monet ne savait si elle devait s'en réjouir ou s'en offusquer.

— C'est une très mauvaise idée, dit-elle brusquement. Nous allons le regretter.

— Pas moi, répliqua Marcu sans relever les yeux du document qu'il annotait. Je suis certain qu'avec toi mes enfants seront entre de bonnes mains.

Ravalant un soupir agacé, Monet inclina la tête sur le côté pour contempler son profil. Il était si arrogant, si sûr de lui. Et si séduisant. À lui seul, son visage aux traits d'une rare beauté avait de quoi faire perdre la tête. Associé à son physique d'athlète, c'était un véritable danger public. Ce serait tellement plus facile si elle ne le trouvait pas si beau. Tellement plus facile si son cœur ne battait pas la chamade chaque fois qu'il posait les yeux sur elle.

Elle avait oublié ce sentiment qui bloquait l'air dans sa gorge et la rendait tout à la fois nerveuse et émue. Elle était furieuse aussi. Furieuse de lui être redevable et de devoir travailler pour lui. Comme nounou, par-dessus le marché ! Elle avait fait carrière, elle avait des responsabilités, un métier qu'elle aimait, et voilà qu'il la forçait à tout laisser tomber pour cette stupide histoire de « dette ».

Refermant les paupières, elle serra les poings. Ils étaient en train de commettre une terrible erreur et elle ne pouvait rien faire pour l'éviter.

— Tu as retrouvé la robe de mariée ? demanda Marcu d'une voix soudain étonnamment proche.

Monet battit des paupières.

Il avait quitté son coin bureau pour s'installer dans le siège face à elle sans qu'elle l'entende. Un frisson la parcourut. Ce n'était pas de lui qu'elle avait peur mais des émotions qu'il éveillait en elle – la colère, la honte, le chagrin. Le désir aussi.

— Oui, répondit-elle du bout des lèvres. Elle avait mal été étiquetée.

— La cliente a dû être soulagée.

— Pas tant que moi. C'était une robe hors de prix.

Marcu abaissa le volet du hublot, bloquant la lumière du soleil couchant.

— J'ai du mal à t'imaginer en train de conseiller de futures mariées.

— En quoi est-ce si surprenant ?

Monet n'avait jamais cherché à travailler dans ce domaine, mais elle avait le chic pour organiser les mariages et proposer la tenue idéale à chaque femme rêvant d'être sublime ce jour-là. Sans doute avait-elle hérité de sa mère son don pour la mise en scène.

— Le mariage a un côté théâtral, reprit-elle. Tout doit se dérouler sans fausse note, sans accroc. Nul ne doit se douter du travail accompli dans les coulisses.

— Si je comprends bien, tu es une sorte de régisseuse de spectacle.

— Ma tâche consiste simplement à rendre les gens heureux.

— Comme ta maman.

Monet sentit aussitôt la brûlure familière de la honte.

— À la différence près que je ne couche pas avec eux pour les rendre heureux, répliqua-t-elle d'une voix dure.

— Ce n'est pas ce que je voulais dire.

— Non ? Qu'est-ce que tu voulais dire, alors ?

Marcu la dévisagea d'un regard pénétrant.

— Chaque fois que je mentionne ta mère, tu le prends mal à cause de toute cette rancœur que tu nourris depuis des années.

Si elle avait été ailleurs, Monet aurait bondi de son siège et serait partie en courant. Mais, dans un jet à dix mille mètres d'altitude, il n'y avait pas d'échappatoire. Il fallait faire face.

— De la rancœur contre quoi ? Contre qui ? Je mène une vie tout à fait satisfaisante et je suis fière de ce que j'ai accompli. Tout ce que je possède, je l'ai gagné grâce à un travail acharné, pas par promotion canapé.

— Loin de moi l'idée d'insinuer une telle chose. Tout ce que je disais, c'est que ta mère…

— On pourrait éviter de parler d'elle ? On ne parle pas sans arrêt de la tienne. Je sais pourtant combien tu as souffert de son absence.

Marcu hocha la tête en tapotant machinalement l'accoudoir du bout de ses longs doigts.

— C'est la raison pour laquelle je désire me remarier. Parce qu'une mère tient une place importante dans la vie d'un enfant.

— Quel âge ont les tiens ?

— Antonio a trois ans, Rocca, cinq, et Matteo fêtera ses sept ans après le nouvel an.

— Matteo… Comme ton père, murmura Monet.

Il y eut un long silence, puis Marcu reprit :

— Il t'appréciait, tu sais.

Elle aussi l'avait cru. Jusqu'à ce dernier soir quand elle l'avait entendu dire à Marcu ces choses horribles, si humiliantes. « Monet n'est pas le genre de fille qu'on épouse. N'oublie pas qui elle est, d'où elle vient. Flirte avec elle autant que tu veux, mais que ça n'aille pas plus loin. »

Ensuite, il y avait eu la réponse cruelle de Marcu : « Je sais. Inutile de me le rappeler. Je n'épouserai pas n'importe qui. »

Il ne s'était pas douté une seconde qu'elle puisse avoir entendu leur conversation et, quand il était revenu vers elle, il n'avait pas cherché à savoir la raison des larmes dans ses yeux. Il s'était simplement empressé de lui acheter un aller simple pour Londres, visiblement soulagé qu'elle veuille quitter Palerme.

Le cœur fracassé, Monet avait été comme anesthésiée durant tout le vol. Une seule pensée tournait en boucle dans son cerveau fatigué… La passion qu'elle venait de découvrir dans les bras du garçon qu'elle vénérait depuis six ans ne signifiait rien pour lui. Ou plutôt, si, c'était une erreur. Et il n'avait pas traîné pour se débarrasser d'elle.

Elle s'était consolée en se disant qu'ils n'étaient heureusement pas allés jusqu'au bout. Marcu lui avait ravi son cœur, mais pas sa virginité. Non qu'elle y fût particulièrement attachée, mais elle lui avait déjà trop donné.

Monet se força à revenir au moment présent. Les trois prochaines semaines s'annonçaient compliquées, non à cause des enfants, mais parce qu'elle appréhendait de passer ne serait-ce que quelques heures avec Marcu dont la seule présence ravivait des souvenirs atrocement douloureux qu'elle avait eu tant de mal à enfouir au fond de son âme.

— Il a vraiment offert des déshabillés de satin rose à tes sœurs comme cadeau de Noël ?

— Oui.

— Et tu trouves normal qu'il m'ait offert ce genre de cadeau ?

— Le connaissant, je suis certain qu'il ne pensait pas à mal.

Monet se mordit l'intérieur des lèvres pour ne pas contredire Marcu. Si Matteo Uberto avait eu de bonnes intentions à son égard, il n'aurait pas mis son fils en garde contre elle. Il n'aurait pas parlé d'elle avec tant de mépris.

Marcu fronça les sourcils.

— Tu ne me crois pas.

— Je ne sais plus ce que je crois, répondit simplement Monet.

Et c'était sincère.

Quand ils atterrirent à Milan, une Maserati noire les attendait au bas de la passerelle. Un steward mit les bagages dans le coffre pendant que Marcu ouvrait la portière côté passager à Monet avant de s'installer au volant et de prendre aussitôt la direction d'Aoste.

Le soleil s'était couché. Ils roulaient depuis près de deux heures, s'enfonçant toujours plus avant dans les montagnes. Ils n'avaient échangé que quelques mots, et Monet avait du mal à se détendre dans l'espace confiné de la luxueuse voiture de sport. C'était comme si tous ses sens se focalisaient sur Marcu, sur sa respiration, sa main sur le levier de vitesse, l'autre posée sur le volant. Il avait de très belles mains aux doigts longs et déliés. Des mains qui l'avaient caressée…

Elle se ressaisit et se força à regarder droit devant elle.

— Ta voiture est équipée de pneus neige ? demanda-t-elle comme il enchaînait les virages en épingle à cheveux sur l'étroite route en lacets, tantôt bordée de parapets de pierre, tantôt frôlant le vide sans aucun obstacle pour arrêter un véhicule qui perdrait le contrôle.

— Oui. Il y a aussi des chaînes dans le coffre, si nécessaire. Tu stresses ? ajouta-t-il avec un coup d'œil moqueur.

— Pas du tout.

— Tu te tords les mains.

Monet dénoua ses mains et lissa sa jupe de flanelle grise, s'efforçant d'afficher une expression lointaine et détachée alors qu'elle était tendue à l'extrême.

Dieu merci, elle n'aurait pas à supporter sa présence bien longtemps. Il avait mentionné un voyage d'affaires, ensuite, il partirait skier avec Vittoria. Une fois seule avec les enfants, tout se passerait bien. Même si c'étaient des petits diables, elle s'en sortirait. Elle était capable de gérer n'importe quelle situation… Sauf sa réaction à Marcu apparemment.

— Dommage que nous arrivions si tard, reprit-il. Le paysage est grandiose en plein jour.

Monet tourna la tête vers la vitre pour contempler les sommets se devinant dans les ténèbres qui s'épaississaient.

— J'imagine qu'on a une vue splendide depuis le château.

— Une vue à couper le souffle, en effet.

Le silence s'installa de nouveau entre eux alors qu'ils entraient dans la vallée d'Aoste.

— Nous y sommes, annonça Marcu en quittant la route pour franchir un monumental portail en fer forgé qui s'ouvrait sur une allée bordée d'arbres figés sous le givre.

Soudain, dans la lumière glacée de la lune, sous les yeux de Monet ébahie, se dressa un château digne d'un conte de fées avec ses tourelles et ses toits en pente.

— Il date du Moyen Âge, commenta Marcu. Ne t'inquiète pas, le système de chauffage a été modernisé depuis.

Il se gara devant l'entrée. Deux hommes en costume gris apparurent sur le perron et vinrent chercher les bagages. Une femme vêtue d'une austère robe noire salua Marcu d'un bref signe de tête tout en s'écartant pour laisser entrer Monet.

— Heureuse de vous revoir, *signor* Uberto.

— Merci. Les enfants sont-ils déjà couchés ?

— Oui, *signor*. Elise, la femme de chambre, les a emmenés marcher en forêt pour qu'ils puissent se dépenser et être au lit de bonne heure.

Monet perçut la sécheresse dans la voix de la gouvernante. Elle glissa un coup d'œil à Marcu, curieuse de voir sa réaction, mais son visage de marbre ne trahissait rien.

Il retira son manteau. Aussitôt, le majordome s'avança pour le lui prendre, puis se tourna vers Monet, attendant qu'elle lui tende le sien. Elle secoua la tête avec un sourire.

— Je préfère le garder. Si je peux…, ajouta-t-elle avec une pointe de sarcasme à l'adresse de Marcu.

Il ne releva pas, se contentant de lui indiquer l'escalier conduisant aux étages avec un sourire poli.

— Je te fais vite visiter.

— Ne te donne pas cette peine. Comme la journée a été longue, je préfère aller me coucher pour être en forme demain matin. J'aurai tout le temps de découvrir le château avec tes enfants.

— Comme tu voudras. Ton appartement est à côté de la nursery, au troisième étage. Je t'y conduis.

Elle le suivit dans l'escalier jusqu'à une porte qui s'ouvrit sur une pièce aux murs de pierre claire et aux poutres apparentes. Des tapis persans réchauffaient le sol de leurs couleurs vives. Deux fauteuils étaient disposés de chaque côté d'une cheminée surmontée d'un miroir de Venise. Contre le mur d'en face trônait un secrétaire.

— À cet étage, il y a aussi la salle de jeux et les chambres des enfants, précisa Marcu.

— Que font-ils s'ils sont réveillés par un cauchemar en pleine nuit ?

— Ils savent que tu dors à côté.

— Ils ne vont pas te voir ?

— Tu es plus près. J'occupe une suite à l'étage du dessous et l'escalier est raide.

— Je vois, dit Monet en prenant soin de dissimuler tout jugement dans sa voix, tandis qu'elle traversait le salon pour jeter un coup d'œil à la chambre.

Le lit à baldaquin était recouvert de velours abricot. Aux fenêtres, de lourdes tentures du même coloris protégeaient des températures glaciales de la nuit.

Marcu désigna le coin penderie.

— Une kitchenette y est aménagée. Tu y trouveras une bouilloire et une cafetière, ainsi qu'un mini-réfrigérateur contenant du lait et quelques en-cas. Si tu as faim…

— Je n'ai pas faim… Je vais prendre un thé et me coucher. Je suppose que les enfants se lèvent tôt.

— Elise les surveillera le temps que tu t'installes.

— Je suis déjà installée.

— Dans ce cas, je te ferai signe dès qu'ils seront habillés et qu'ils auront pris leur petit déjeuner. Il y a un bouton d'Interphone près de la lampe de chevet, et tu peux appeler à tout moment. Il y a un employé de nuit si tu as besoin de quoi que ce soit.

— Les enfants ont aussi un Interphone dans leur chambre ?

— Oui, mais ils ne l'utilisent pas. Ils ont l'habitude de passer par Mlle Sheldon.

Un léger coup fut frappé à la porte. Marcu alla ouvrir au domestique qui apportait le bagage de Monet.

Marcu se retourna vers elle.

— Des questions ?

— Non, murmura-t-elle, soudain épuisée et désorientée.

Que faisait-elle donc ici ?

— À demain, Marcu.

L'esprit survolté, Marcu se tournait et se retournait dans son lit, incapable de trouver le sommeil.

Maintenant que Monet était là, il allait enfin pouvoir se concentrer sur sa semaine de ski avec Vittoria. Sa secrétaire au bureau de Palerme lui avait réservé une suite au dernier étage du Grand Hôtel Altapura à Val Thorens et des dîners dans les meilleurs restaurants de la station.

Vittoria était bien plus mondaine que ne l'était Galeta, et, comme Noël était pour elle l'occasion de faire la fête, Marcu s'efforçait de faire preuve d'enthousiasme pour un séjour qui promettait d'être éprouvant. Il n'avait pas envie d'être loin de ses enfants. Ni de dormir dans ce fichu hôtel. Ni de faire une demande en mariage à Noël – il détestait cette période de l'année –, mais Vittoria lui avait fait comprendre que c'était non négociable. Elle n'était pas la solution idéale à son problème d'épouse, mais elle était issue d'une riche famille sicilienne très respectée, elle était belle et d'un naturel sociable – ce qu'il pensait être une bonne chose pour ses enfants. Ce projet d'union ne relevait pas d'une décision impulsive. Il avait rencontré Vittoria à plusieurs reprises au cours de l'année et elle s'était bien comportée avec ses enfants. Naturellement, ils s'étaient montrés un peu distants avec elle parce qu'ils ne la connaissaient pas mais, avec le temps, tout s'arrangerait.

Le plus dur était fait. Monet était ici à présent pour s'occuper des enfants et Vittoria serait bientôt son épouse. Il n'avait aucune raison de s'inquiéter.

Pourtant, le sommeil continuait à le fuir.

Parce que Monet était là, tout près… Juste à l'étage du dessus.

4.

Monet avait ouvert les yeux bien avant que le petit déjeuner lui soit apporté, accompagné d'un message.

Rendez-vous avec les enfants à 9 heures dans le salon de musique. Premier étage, deuxième porte à gauche. Marcu

Le plateau était chargé de délicieuses viennoiseries, mais le simple fait de lire le message lui coupa l'appétit tant elle appréhendait de revoir Marcu. Loin d'être le garçon sensible d'autrefois, il s'était métamorphosé en un homme dur et intimidant, et elle espérait qu'il n'était pas aussi glacial avec ses enfants.

À 9 heures pile, Monet descendit au premier étage et poussa la deuxième porte à gauche comme indiqué.

L'endroit était désert. Il y avait un piano près de la fenêtre. Aux murs, une toile représentait une jeune femme jouant de la harpe ; une autre, un violoniste. Pas d'erreur, c'était bien le salon de musique.

Elle jeta un coup d'œil sur sa montre. Marcu et les enfants n'allaient sans doute pas tarder.

Elle s'approcha du piano, laissa courir ses doigts sur les touches d'ivoire, se laissant gagner par les souvenirs... Marcu avait été un excellent pianiste. Au palais, elle se faufilait dans un coin pour l'écouter jouer, fascinée par son talent, transportée par une émotion intense. Peut-être était-elle tombée amoureuse du musicien ?

— Désolé pour le retard.

Marcu s'avança dans la pièce, incroyablement sexy dans un pull noir à col roulé et un jean – une tenue décontractée pour un corps athlétique.

Le désir transperça Monet comme un fer de lance, et elle se maudit pour cette soudaine faiblesse tandis que Marcu poussait ses enfants vers elle. Ils étaient tous bruns comme lui, mais le plus jeune, celui qui devait être Antonio, était son portrait craché. La ressemblance était si frappante qu'elle arracha un sourire à Monet.

— *Buongiorno*, dit-elle en italien.

— Je te présente mes enfants, Matteo, Rocca et Antonio, dit Marcu en les alignant du plus petit au plus grand

— Ravie de vous rencontrer.

Monet s'approcha de Matteo et lui serra la main.

— Je m'appelle Monet.

— *Signorina* Wilde, rectifia Marcu. Les enfants doivent t'appeler *signorina*. Ils ont promis d'obéir, de se conduire poliment et de ne pas faire de bêtises.

Debout derrière eux, il ne put voir le visage de Matteo se fermer, ni la frimousse anxieuse de sa fille se crisper, ni le petit Antonio cligner des yeux pour retenir ses larmes.

Monet éprouva un élan de tendresse pour ces trois enfants qui appréhendaient visiblement bien plus qu'elle ce changement de nounou.

— Je suis là pour quelques jours seulement. *Signorina* Sheldon va vite revenir.

— J'ai beaucoup de travail, intervint Marcu. Puis-je te laisser les enfants ? Ils seront ravis de te faire visiter le château.

— Nous allons nous organiser, ne t'inquiète pas pour nous, déclara Monet avec un grand sourire à l'adresse des enfants.

— Très bien. Nous dînerons tous ensemble, précisa Marcu en reculant vers la porte. À ce soir.

Après qu'il eut quitté la pièce, il y eut un silence. Matteo, Rocca et Antonio regardaient Monet, apparemment intimidés et curieux à la fois.

— L'un de vous sait-il jouer du piano ? demanda-t-elle en indiquant l'instrument.

Ils secouèrent la tête à l'unisson.

— C'est maman qui en jouait, répondit la fillette.

— Mais votre papa en joue aussi pour vous, non ?

Ils échangèrent des regards étonnés avant de secouer de nouveau leurs charmantes têtes brunes.

— C'est pourtant un excellent pianiste, commenta Monet.

Comme le silence se faisait encore plus pesant, elle hésita sur l'attitude à adopter. De ses expériences passées, elle avait appris que se montrer trop amicale pouvait vite passer pour un manque d'autorité. D'un autre côté, ces trois-là avaient manifestement besoin d'être rassurés.

— C'est vrai que tu as habité dans notre maison ? demanda Rocca au bout d'un moment.

— Celle-ci ?

— Non, à Palerme.

Monet s'assit sur le banc devant le piano.

— C'est vrai. J'ai vécu six ans au palais et je connaissais votre papa quand j'étais plus jeune. Vous avez de la chance de vivre dans un si bel endroit.

— Je préfère les maisons plus modernes, dit Matteo. Le wi-fi passe mal au palais. Ici, c'est pire. Il n'y a pas d'Internet. Je ne peux même pas jouer avec mes copains.

— Mais ce n'est que pour quelques semaines et il y a certainement de quoi s'amuser dans ce château. Parlez-moi un peu de ce que vous aimez faire.

Les enfants se regardèrent, puis Matteo haussa les épaules.

— La plupart du temps, on ne fait rien. Tout le monde est très occupé.

— Et votre papa ? demanda Monet.

— Il travaille beaucoup, répondit Rocca avec un soupir résigné.

— Il ne faut pas le déranger, renchérit Antonio.

Les trois frimousses face à elle avaient l'air si désolé

que Monet en eut le cœur serré. Elle força un sourire sur ses lèvres.

— Eh bien, moi, je déteste rester assise à me tourner les pouces. Alors, tous les quatre, nous allons établir une liste de toutes les choses amusantes à faire pendant ces vacances.

De nouveau, les enfants se regardèrent sans un mot. Déconcertée par leur manque d'enthousiasme, Monet les dévisagea.

— Vous ne trouvez pas que ce château est un endroit fantastique pour passer Noël ?

— Peut-être, répondit Matteo avec une grimace fataliste. Nous sommes toujours venus en été. C'est la première fois que nous venons à Noël.

Monet dissimula son étonnement. À entendre Marcu, elle avait cru comprendre qu'ils passaient traditionnellement les fêtes de fin d'année ici.

— Papa dit que Noël sera différent cette année, ajouta Rocca avant de glisser un regard à ses frères. Mais nous ne savons pas ce que ça veut dire.

Monet éprouva une soudaine sensation de vide. Était-il possible que Marcu ne les ait pas prévenus de son absence pour les fêtes ? Elle n'osait le croire.

— Quand êtes-vous venus ici pour la dernière fois ? Cet été ?

— Non, répondit Matteo. Ça fait longtemps.

— Je ne m'en souviens même pas, renchérit Rocca.

— Moi non plus, conclut Antonio.

— Normal, tu n'étais pas né, expliqua Matteo en jetant un coup d'œil à Monet. Papa ne voulait plus venir au château sans Maman. C'était sa maison à elle.

— Votre maman doit beaucoup vous manquer, dit Monet. Parlez-moi un peu d'elle.

Il y eut un petit moment de silence.

— Je ne m'en souviens plus très bien, commença Rocca avec gravité. Papa dit que je lui ressemble. Que j'ai les mêmes yeux, le même nez et la même bouche. Il y a un portrait de maman dans le couloir. Vous voulez le voir ?

— Bien sûr. Allons-y tout de suite. J'ai très envie d'explorer votre château. Il est tellement grand que j'ai peur de me perdre sans vous.

Les enfants l'escortèrent le long du couloir sur les murs duquel s'alignaient les portraits grandeur nature de générations de Corrado contemplant leurs descendants avec des poses aussi variées que leurs costumes.

Plus les enfants avançaient, plus les portraits et les vêtements se modernisaient, jusqu'à ce qu'ils atteignent enfin une toile représentant une élégante jeune femme aux yeux sombres, soulignés par son teint clair. Les pommettes étaient hautes, le nez fin, les cheveux rejetés en arrière, l'expression distante, et Monet se demanda si cet air froid et détaché était le véritable reflet de sa personnalité ou si c'était un choix du peintre.

— C'est maman ! annonça fièrement Antonio.

— Elle est très belle, dit Monet. J'aurais aimé la voir sourire sur ce tableau pour savoir si elle avait des fossettes comme Rocca.

— Elle n'en avait pas, déclara Marcu dans leur dos.

Monet ne l'avait pas entendu approcher. Surprise, elle se raidit en se demandant depuis combien de temps il les écoutait.

Elle lui jeta un coup d'œil par-dessus son épaule.

Son corps élégant et puissant tel celui d'un grand félin lui fit battre le cœur, et son estomac se contracta d'appréhension, mais aussi de quelque chose d'autre. Quelque chose qu'elle préférait ignorer.

Elle n'était pas là pour ce quelque chose d'autre.

Elle était là parce qu'il l'avait forcée à venir s'occuper de ses enfants pour pouvoir passer Noël avec une autre femme. Elle n'avait pas à éprouver de sentiments pour lui. Il pouvait passer Noël où il voulait, avec qui il voulait, cela ne la regardait pas. Après toutes ces années, elle aurait dû se moquer de ne pas être la femme de sa vie. Pourtant, la douleur était toujours aussi vive. Elle ne savait si c'était à cause de sa fierté ou de ce quelque chose d'autre, mais elle souffrait toujours autant du fait qu'il ait pu aussi facilement la juger indigne de lui, indigne d'être aimée.

Elle se détourna pour observer la réaction des enfants à l'apparition soudaine de leur père. Ils ne se précipitaient pas vers lui, arboraient un air réservé. Cela dit, Marcu et ses frères et sœurs ne s'étaient jamais précipités vers leur père. Chez les Uberto, on se saluait avec gentillesse et courtoisie, mais discipline et maîtrise de soi étaient de règle.

— Je suis surpris de vous trouver encore à cet étage. La visite n'a guère progressé.

— Nous avons la journée devant nous, répliqua Monet d'un ton léger. Nous prenons le temps de discuter et de faire connaissance.

— Je sais. Mon bureau est juste de l'autre côté de ce mur. Difficile de se concentrer avec tout ce bavardage.

Les visages des enfants se fermèrent. Décidément, Marcu ne ratait pas une occasion de les décevoir, songea Monet, indignée.

Elle se pencha vers Rocca.

— Quelle est notre prochaine étape, petite demoiselle ?

— La salle de bal !

Monet haussa un sourcil à l'adresse de Marcu.

— Tu nous accompagnes ?

Rocca leva aussitôt sur son père un regard plein d'espoir, mais il déclina d'un bref signe de tête.

— J'ai trop de travail.

De nouveau, Monet sentit la moutarde lui monter au nez. Avait-il réellement trop de travail ? Ou ne cherchait-il pas plutôt à éviter ses enfants ? La balance penchait nettement en faveur de la seconde hypothèse. Ce qui était surprenant, car elle se souvenait d'un Marcu extrêmement attentionné et patient avec ses petits frères et sœurs, jamais avare de son temps, toujours disponible pour partager leurs jeux et les écouter.

— Tant pis pour vous, *signor* Uberto, lança-t-elle avec un sourire impertinent. Allons voir cette salle de bal, les enfants !

— Je préférerais qu'ils sortent prendre l'air.

— C'est leur programme habituel ?

— Oui. Exercice physique tous les matins après le petit déjeuner.

— À vos ordres, *signor* ! Ont-ils un aussi un certain nombre de pompes à faire ?

Marcu lui lança un regard furieux.

— Ne me cherche pas, Monet, marmonna-t-il.

— Viens donc un moment avec nous, insista-t-elle, nullement impressionnée. Tu pourras ainsi me faire part de tes instructions.

— Les enfants les connaissent.

Monet ravala un soupir. Il était beau à mourir, mais déplaisant au possible. Elle exécuta une rapide révérence.

— Très bien, monsieur. Bonne journée, monsieur.

— Monet…

Elle écarquilla légèrement les yeux pour signifier qu'elle avait perçu la menace, mais elle se moquait de ses avertissements. Elle se rapprocha de lui et baissa la voix pour ne pas être entendue des enfants.

— Je ne suis là que depuis quelques heures, mais il me semble évident que ce n'est pas une nouvelle maman qu'il faut à tes petits mais un nouveau père.

Vif comme l'éclair, Marcu lui saisit le bras.

— Inadmissible ! lança-t-il entre ses dents.

Elle releva le menton et soutint son regard polaire.

— Ce que je dis, c'est pour ton bien et celui de tes enfants. Si ça ne te plaît pas, tu n'as qu'à me renvoyer.

— C'est ce que tu cherches, hein ?

— Non, ce que je cherche, c'est le Marcu sensible et attentionné. Celui qui adorait les siens et ne repoussait pas leur amour.

Leurs regards s'affrontèrent. Avec ses yeux bleus étincelant de colère, Marcu était à la fois beau et effrayant. Mais Monet était tout aussi furieuse que lui, et elle n'avait pas l'intention de se laisser intimider. C'était lui qui l'avait forcée à venir ici parce qu'il avait besoin d'aide – de *son* aide. Eh bien, elle allait l'aider, que cela lui plaise ou non.

Soudain, l'étreinte des doigts sur son bras se relâcha. Une ombre traversa le visage de Marcu.

— Je ne suis pas un monstre.

— Vraiment ? Alors, arrête de te comporter comme tel.

Troublée malgré elle par le contact de ses doigts qui avait réveillé en elle des sensations qu'elle préférait ignorer, elle se retourna vers les enfants et prit les deux plus petits par la main.

— Allons voir cette salle de bal !

Sans attendre, ils l'entraînèrent au rez-de-chaussée et traversèrent le hall d'entrée pour suivre un long couloir débouchant sur une pièce somptueuse. Les hautes fenêtres permettaient à la lumière matinale d'inonder le sol de marbre blanc, les murs étaient couverts de fresques et, levant les yeux, Monet fut frappée par la beauté du plafond à caissons dorés d'où pendaient trois énormes lustres à pampilles de cristal.

— Magnifique ! commenta-t-elle en esquissant quelques pas de danse sous les regards incrédules et ravis des enfants.

— Maman a fait son bal des débutantes ici, expliqua fièrement Rocca. Papa dit qu'il y a des bals surtout en été quand il fait beau.

— Danser dans cet endroit doit être merveilleux à tout moment de l'année. Même en plein hiver, dit Monet en ébouriffant d'un geste tendre les cheveux d'Antonio. Et maintenant, allons chercher nos manteaux pour sortir. Il y a du soleil, profitons-en. Nous pourrions descendre à Aoste voir le marché de Noël. Il paraît que c'est l'un des plus beaux d'Italie.

— Je ne crois pas que ce soit possible, marmonna Matteo.

— Pourquoi ? demanda Monet.

Rocca plissa le nez.

— Il faut demander la permission à papa. Il est d'accord

seulement pour des trucs sportifs en plein air. Pour la lecture aussi, ajouta-t-elle avec un gros soupir. Je déteste parce que je ne sais pas bien lire. Antonio ne connaît même pas son alphabet.

— Ça viendra, dit Monet. Lire, c'est amusant.

— Papa dit que la vie n'a rien d'amusant, l'interrompit Matteo. La vie, c'est sérieux. Nous devons donc être sérieux, nous aussi.

Monet se contint pour ne pas manifester sa désapprobation. Et tandis qu'ils allaient chercher leurs manteaux, elle songea que sa présence ici était peut-être indispensable, après tout. Pas par rapport à la nécessité pour Marcu de se remarier, mais par rapport à son rôle de père.

Il était prévu qu'ils dînent tous ensemble mais, au dernier moment, Marcu leur fit faux bond.

Monet et les enfants avaient terminé le plat principal et bavardaient maintenant autour d'un délicieux *budino* recouvert d'un coulis de caramel.

— Cet après-midi, pendant notre pause lecture, j'ai appris qu'au Moyen Âge cette vallée était le principal passage pour traverser les Alpes et qu'il fallait payer une taxe pour pouvoir l'emprunter, dit Monet. Les châteaux comme celui-ci étaient bâtis en hauteur pour permettre à leurs propriétaires de voir arriver les voyageurs de loin.

— Notre château est très vieux, dit Antonio en léchant sa cuillère avec une mine gourmande.

— Au début, ce n'était qu'une tour, intervint Matteo. Nos ancêtres ont ajouté des bâtiments pour avoir plus de place.

Soudain, Marcu fit son apparition. Il tira une chaise et s'assit en bout de table.

— Il s'agissait de créer non seulement plus de surface habitable pour la famille mais aussi de l'espace pour diriger les affaires du pays, dit-il. À l'origine, la salle de bal accueillait des audiences publiques lors desquelles les gens du pays pouvaient venir réclamer de l'aide au seigneur.

Agréablement surprise de voir Marcu se joindre à eux, Monet le laissa prendre les rênes de la conversation.

— Où voit-on la tour d'origine ? demanda-t-il aux enfants.

— La cuisine, répliqua Matteo. Les murs de pierre sont très épais.

— L'entrée principale, dit Rocca avec un sourire timide à l'adresse de son père.

— Ton bureau, ajouta Matteo. Ta chambre et aussi celle de *signorina* Wilde. Il y a de grosses poutres au plafond et les fenêtres sont plus étroites.

— Exact, commenta Marcu avant de remercier le serviteur venu lui apporter un café. Les matériaux, l'épaisseur des murs et le style des fenêtres permettent de repérer les extensions.

Il s'interrompit pour porter la tasse à ses lèvres tout en jetant un regard circulaire autour de la table.

— Vous avez passé une bonne journée ?

Les enfants hochèrent la tête.

— Qu'avez-vous fait ?

Comme ils ne se battaient pas pour répondre, Monet donna un rapide résumé de leur journée.

— Nous avons beaucoup marché. Ce matin, nous sommes descendus au village visiter le théâtre romain. Nous sommes remontés déjeuner et nous avons ensuite passé l'après-midi à jouer et à lire.

Elle but à son tour une gorgée de café, ne pouvant s'empêcher d'observer Marcu par-dessus le bord de sa tasse. Il était tellement beau. Elle aurait voulu ne rien ressentir. Malheureusement, tout son corps était en alerte. Dieu merci, elle avait eu le temps de mûrir. Marcu avait beau l'attirer physiquement, plus jamais elle ne lui laisserait voir ce qu'elle ressentait. Plus jamais elle ne laisserait ses émotions et son inexpérience la mettre dans une situation humiliante.

— Et vous, *signor* Uberto, comment s'est passée votre journée ?

— Chargée.

— Le monde des affaires ne dort jamais.

— En effet. Les marchés boursiers sont plutôt volatils cette semaine, ce qui exige davantage de consultations et de transactions.

Le regard de Marcu dériva vers ses enfants.

— Ils ont l'air fatigué…

— Parler de marchés boursiers suffit à endormir n'importe qui.

Monet jeta un coup d'œil aux enfants. Ils avaient terminé leur dessert, et Antonio bâillait.

— C'est dommage de les envoyer au lit maintenant, alors que tu viens juste d'arriver.

— Ils ont l'habitude.

— Peut-être, mais c'est dommage, Marcu.

Elle s'interrompit, agacée de l'avoir appelé par son prénom devant les enfants.

— Pardon. Je voulais dire, *signor*.

— Tu peux m'appeler Marcu. Ça me met mal à l'aise de t'entendre m'appeler « monsieur ».

— Mais Mlle Sheldon… ?

— … est une employée. Toi, tu es… En fait, je ne sais pas ce que tu es…, ajouta-t-il en fronçant les sourcils.

Monet rougit, envahie par des sensations troublantes.

— Une amie de la famille ?

— On pourrait dire ça.

Mais il y avait dans le regard bleu de Marcu une lueur indéchiffrable donnant l'impression qu'il parlait de tout autre chose.

— Il est tard, ajouta-t-il soudain. Tu devrais coucher les enfants avant qu'ils ne tombent de leur chaise.

— Bien sûr. Venez mes trésors. Au lit !

Elle attendit qu'ils aient souhaité bonne nuit à leur père et elle s'apprêtait à quitter la pièce quand il ajouta :

— Quand tu auras terminé avec eux, rendez-vous dans la bibliothèque. J'aimerais discuter avec toi du programme des prochains jours.

5.

Le cœur battant, Monet descendait les escaliers pour rejoindre Marcu tout en se flagellant.

Que croyait-elle ? Qu'allait-elle s'imaginer ? Qu'espérait-elle ? Elle était ridicule !

Arrivée devant la bibliothèque, elle prit une grande inspiration puis ouvrit la porte.

Enfoncé dans un fauteuil près de la cheminée, Marcu lisait un journal. Il releva les yeux quand elle entra.

— Ils sont couchés ?

— Ils dorment à poings fermés. Je leur ai lu une histoire, nous avons dit la prière et j'ai bordé chacun dans son lit.

— Il n'y a pas eu de résistance ?

— Il y en a d'habitude ?

— Quand c'est moi qui les mets au lit, oui.

Monet s'abstint de tout commentaire. Elle se faisait l'effet d'une gouvernante du siècle dernier convoquée par le maître.

— Puis-je m'asseoir ? Ou bien Mlle Sheldon se tient-elle au garde-à-vous devant toi ?

Marcu la dévisagea avant d'esquisser un petit sourire ironique.

— Tu n'es pas Mlle Sheldon. Alors, assieds-toi, s'il te plaît. Où tu veux.

Monet examina les différentes options. Il y avait un fauteuil près de Marcu, devant la cheminée, et deux autres à l'autre bout de la pièce. Il était évident qu'elle ne pouvait aller s'asseoir si loin. Elle opta donc pour le fauteuil devant la cheminée, près de Marcu.

— Si ça t'intéresse, je peux t'expliquer pourquoi tes enfants font de la résistance quand c'est toi qui les mets au lit.

— Tu n'es là que depuis vingt-quatre heures.

— Il ne faut pas longtemps pour comprendre qu'ils ont simplement envie de passer plus de temps avec toi et qu'ils retardent le moment de te laisser partir.

Marcu resta silencieux un instant en la fixant de ses yeux bleus, puis il soupira.

— Je ne peux malheureusement leur donner tout ce qu'ils attendent de moi. J'ai l'impression que c'est une bataille perdue d'avance. J'aurai beau faire, ça ne suffira jamais.

— Ils ne te demandent pas d'aller leur décrocher la lune. Tout ce qu'ils veulent, c'est ton attention et que tu leur accordes un peu plus de temps.

— Facile à dire quand on n'a pas d'enfants.

— Certes. Mais c'est comme pour tout dans la vie. Se mettre la pression ne sert à rien. Il faut faire de son mieux.

Marcu se leva, lui jetant un coup d'œil.

— Tu veux boire quelque chose ? Un porto, peut-être ?

Elle allait refuser, mais se ravisa. Un verre ne lui ferait pas de mal. La journée avait été longue.

— Avec plaisir.

Elle le regarda traverser la pièce pour prendre une carafe en cristal sur une table contre le mur. Il portait toujours le pull noir qui moulait son torse et ses bras, révélant sa musculature harmonieuse. Comme il lui tournait le dos, Monet pouvait l'observer tout à loisir, fascinée malgré elle par les courbes que dessinaient ses muscles à chacun de ses gestes tandis qu'il remplissait leurs verres.

Il revint vers elle et, quand il lui tendit son verre, leurs doigts se frôlèrent. Le corps de Monet réagit aussitôt, parsemant sa peau de frissons. Affolée à l'idée qu'il s'en aperçoive, elle baissa la tête pour respirer le parfum du porto. Un parfum riche et épicé qui la propulsa des années en arrière, lors du premier été passé avec les Uberto. Un été merveilleux…

Elle avait treize ans. Le père de Marcu avait loué une luxueuse villa à Taormina, en bord de mer, et elle passait ses journées à se prélasser sur la plage. Cet été-là, Marcu les avait rejoints pour trois semaines. Il était son dieu – beau, bronzé, charmant, captivant. Elle était amoureuse. Il avait dix-neuf ans et il parlait des filles avec lesquelles il sortait, qu'il emmenait faire un tour à moto, qu'il invitait pour des dîners romantiques. Elle rêvait d'être l'une de ces filles. D'être sa petite amie… Il fut un temps où elle aurait donné n'importe quoi pour que son rêve devienne réalité.

Le parfum du porto ravivait aussi une douleur diffuse dans la région du cœur. Mieux valait ne penser qu'au présent.

— Parle-moi un peu de Vittoria. Comment vous êtes-vous rencontrés ? Ce fut le coup de foudre ?

Marcu se laissa retomber dans son fauteuil.

— Il n'y a pas eu de coup de foudre. Il s'agit plutôt d'un accord. Je me marie pour le bien de mes enfants, pas pour des considérations romantiques.

— Tu n'es pas amoureux d'elle ?

— Nous avons de l'estime l'un pour l'autre.

— C'est tout ?

— Il y a naturellement une certaine attirance physique entre nous. Et du respect pour nos familles respectives…

Monet esquissa une grimace.

— Je te plains. Passer d'un mariage d'amour avec Galeta à un mariage de convenance, c'est triste.

— C'était le même genre d'union avec Galeta. Sa part du contrat était de nous donner des enfants. Ce qu'elle a fait, ajouta Marcu d'un ton détaché.

— Et la part de Vittoria, c'est de s'occuper des enfants que Galeta t'a donnés.

Marcu la dévisagea.

— C'est une question ?

Monet était sincèrement peinée pour lui et pour l'homme dont elle se souvenait, chaleureux, attentionné, brillant, spirituel. C'était cet homme-là dont les enfants avaient besoin pour père, pas celui qu'il était devenu.

— J'aimerais pouvoir dire que je trouve surprenant que des femmes puissent signer pour ce genre d'existence, répondit-elle prudemment. Mais nous savons tous deux que certaines le font. Ma mère qui rêvait d'épouser un homme riche a finalement été toute sa vie une femme d'appoint. Au début, elle s'imaginait sans doute avoir davantage de pouvoir ou d'indépendance, mais c'était un leurre. Elle était totalement dépendante des hommes qui l'entretenaient. Et quand, avec l'âge, les rôles de comédiennes se sont faits de plus en plus rares, son seul revenu était l'argent que les hommes comme ton père voulaient bien lui donner.

— Il a pris soin d'elle jusqu'à sa mort.

— Elle n'a vécu que quelques mois après leur rupture, répliqua Monet en serrant les poings, consciente de son cœur qui battait trop vite, que Marcu réveillait des émotions qu'elle croyait avoir enfouies au plus profond d'elle-même. Excuse-moi, je n'aurais pas dû aborder ce sujet. Tu ne m'as pas demandé de venir ici pour discuter de la liaison de nos parents ou de ta relation avec ta future épouse, mais pour me donner tes instructions et ton programme de voyage.

Marcu haussa un sourcil.

— Te voilà soudain bien protocolaire…

— Je suis ici pour t'aider à gérer la situation, pas pour la compliquer. Alors, dis-moi ce que je dois savoir et quand tu dois partir.

— Je pars après-demain pour une réunion à Palerme. Je dînerai le soir à Rome avec Vittoria et serai de retour jeudi dans la soirée. J'ai prévu une journée ici avec les enfants avant de repartir vendredi après-midi pour la semaine de ski.

Monet lui aurait bien fait remarquer qu'il ne leur accordait pas vraiment une journée entière, mais elle s'abstint. Mieux valait ne pas dépasser les bornes. Après tout, ce n'étaient pas ses enfants et ce n'était qu'un job temporaire.

Pourtant, quelque chose dans son expression dut trahir ses pensées, car Marcu fronça les sourcils.

— Qu'est-ce que j'ai encore dit ?

— Rien. C'est sans importance.

— J'aimerais tout de même savoir ce que tu penses. Je veux comprendre. Autrefois, je te comprenais.

Les derniers mots la firent tressaillir.

— Tu *croyais* me comprendre, rectifia-t-elle froidement.

Marcu plissa les yeux.

— J'étais celui qui te connaissait le mieux.

— Faux. Si tu m'avais vraiment connue, tu n'aurais pas…

Monet se tut et pinça les lèvres, luttant pour retenir le flot de rancœur qui bouillonnait. La proximité de Marcu ouvrait la porte sur le passé. Un passé qu'elle devait à tout prix occulter pour pouvoir vivre le présent. Il y avait dans ce passé trop de souffrance et de colère, des émotions toxiques qui la renvoyaient à la fillette qu'elle avait été. Une drôle de petite fille dans le sillage houleux d'une drôle de mère, allant de pays en pays, de ville en ville, sans ancrage, sans port d'attache, sans chez soi.

— Je n'aurais pas fait quoi ? insista Marcu.

Elle secoua la tête, décidée à ne rien dire de plus. Décidée à tourner la page. Décidée à affronter calmement les prochaines semaines pour en finir une bonne fois pour toutes avec lui.

— Écoute, la journée a été longue. Si ça ne t'ennuie pas, j'aimerais aller me coucher.

— D'accord.

Ils se levèrent.

— Tu prendras le petit déjeuner avec nous ? demanda Monet.

— Probablement pas, mais nous dînerons ensemble.

— Très bien. Je n'en parlerai pas aux enfants afin qu'ils ne soient pas déçus si tu te désistes à la dernière minute.

Une lueur de colère traversa le regard bleu rivé sur elle.

— C'est un reproche ?

— Non. Juste un constat. Inutile de leur donner de faux espoirs.

— Je fais ce que je peux.

— Ça ne suffit pas.

Le visage soudain fermé, Marcu avança d'un pas, abolissant dangereusement la distance qui les séparait.

— Je crois que tu n'imagines pas ce que c'est que de perdre son épouse et de se retrouver seul avec un nouveau-né et deux jeunes enfants. Ça change tout. Ça m'a changé.

— Je le vois bien. C'est pourquoi, au nom de notre ancienne amitié, je me permets d'insister. Ce n'est pas une mère de substitution dont tes enfants ont besoin. Ils ont besoin de toi, Marcu. Ils ont besoin que tu t'occupes d'eux.

— Je m'occupe d'eux !

— Alors, ne les quitte pas maintenant. Reste...

— Vittoria attend de moi une demande en mariage officielle à Noël.

— Eh bien, amène-la ici. Passe les fêtes en famille avec elle.

— Nous reviendrons tout de suite après. Ce n'est que pour cette année.

— Qu'en sais-tu ? Qui te dit qu'elle ne va pas te demander une semaine de ski ou un Noël romantique à deux chaque année ? Es-tu certain de bien la connaître ? Es-tu certain qu'elle aimera tes enfants ? Tu les lui as présentés, mais rien ne garantit qu'elle leur apportera l'attention et la tendresse dont ils ont besoin pour s'épanouir.

— Tu n'as pas d'enfants. Que sais-tu de leurs besoins ?

— Je suis bien placée pour savoir ce que c'est de rester dans l'ombre de ses parents, d'être la cinquième roue du carrosse. C'est atrocement douloureux...

La voix de Monet se brisa et, quand il vit les larmes dans ses yeux, Marcu en voulut à la terre entière parce que la vie était trop souvent cruelle. La seule façon de survivre, c'était de réduire ses émotions au minimum.

— Crois-moi, Monet, j'essaie de faire au mieux pour mes enfants.

Elle leva sur lui ses yeux étincelants de larmes.

— Vraiment ? N'essaies-tu pas plutôt de leur cacher l'homme que tu es ?

— Que veux-tu dire ?

— Ils ne savent même pas que tu joues du piano. Ils ne savent pas que tu aimes la musique, l'art, la beauté…

— J'ai aimé. Plus maintenant.

— Dommage, parce qu'on a tous besoin de beauté. C'est un ingrédient essentiel à la vie, c'est ce qui permet de surmonter les épreuves, d'oublier les chagrins et…

— Stop, Monet ! J'en ai assez entendu pour ce soir.

Puis, sans sommation, il lui saisit le poignet pour l'attirer contre lui et lentement inclina la tête.

Monet se figea, prise de panique. Mais la panique céda à la seconde où ses lèvres se posèrent sur les siennes. Elle fondit dans sa chaleur et lui rendit son baiser à l'instant où ses bras l'encerclèrent, où son corps se pressa contre le sien, réveillant les souvenirs et la passion…

Elle avait dix-huit ans, elle était avec lui dans ses appartements au palais. Il l'avait d'abord embrassée sur le seuil du salon, puis ils avaient atterri dans son lit, doigts enlacés, le poids de son corps sur le sien la rendant folle de désir.

Huit ans après, c'était comme s'ils reprenaient là où ils s'étaient arrêtés… Le plaisir, le manque, l'urgence, l'envie… Toutes ces émotions si violentes, si irrésistibles et cependant si condamnables. Elle avait désiré Marcu et le désirait encore aujourd'hui. Mais ce désir, source de souffrance et d'amertume, elle devait à tout prix le museler. Parce que Marcu ne l'aimait pas. Pas vraiment. Il la désirait lui aussi, mais comme son père avait désiré Candie Wilde. Les hommes du clan Uberto choisissaient d'autres femmes pour en faire leurs épouses et assurer leur descendance.

La douleur et l'amertume submergèrent Monet. Il suffisait qu'il la touche pour qu'elle s'enflamme mais, ensuite, il partirait faire sa demande en mariage à Vittoria. Elle n'avait été et ne serait jamais qu'une passade, celle dont on se servait pour assouvir un désir purement charnel.

Le cœur au bord des lèvres, elle plaqua les mains sur le torse de Marcu et le repoussa pour se libérer de son étreinte. Il laissa retomber ses bras, le souffle court, mais ne s'écarta pas.

Paniquée, tremblante, elle recula alors qu'une part d'elle-même n'aspirait pourtant qu'à retourner dans ses bras.

Quelle idiote ! Marcu était toujours aussi dangereux. Capable de lui faire perdre la tête pour mieux lui briser le cœur.

Furieuse contre lui et encore plus contre elle-même, elle quitta la bibliothèque et courut se réfugier dans sa chambre.

Sous le choc lui aussi, il l'avait regardée partir.

Le corps parcouru à la fois de frissons et de vagues de chaleur, Marcu se sentait étrangement vivant, excité à l'extrême. Un désir brut coulait dans ses veines, ses muscles étaient tendus, son cœur cognait contre ses côtes.

Il la désirait comme un fou.

Il la désirait comme il n'avait jamais désiré aucune autre femme.

Pourquoi ?

Parce qu'elle lui était interdite ? Parce qu'elle lui rappelait sa jeunesse et son insouciance d'autrefois ?

Pourquoi la désirait-il, elle plus que tout autre ?

Son regard s'attarda sur la porte derrière laquelle Monet avait disparu. Elle avait allumé une flamme dans son cœur, une flamme qu'il avait conservée pendant toutes ces années sans en être conscient. Une flamme qui venait d'être attisée et qui pourrait vite le dévorer s'il ne l'étouffait pas.

Il n'avait pas le droit de céder aux sensations, aux émotions ou aux pulsions. Pas quand il avait passé les trois dernières années à apprendre à ses enfants que la vie n'était pas faite de plaisirs et de fantaisies, mais de devoirs et de raison.

Cette flamme en lui, synonyme de passion, de faim et de

folie, était contraire au bon sens. Il devait l'éteindre. Il devait se souvenir des préceptes enseignés à ses enfants. Ordre. Anticipation. Discipline et maîtrise de soi. C'étaient les règles qu'il respectait et c'était ainsi qu'il entendait organiser leur monde pour les protéger du chaos et en faire des adultes responsables, prêts à affronter la vie. C'était la condition pour ne pas devenir la proie des regrets et des désillusions ballottée par les aléas de l'existence.

Lui-même avait été cruellement blessé plus d'une fois, jusqu'à ce qu'il finisse par en tirer les leçons : ne jamais faire confiance à ses émotions, rester pragmatique, garder la tête froide. Voilà pourquoi il ne recherchait pas un mariage d'amour.

Embrasser Monet était une erreur qui ne se reproduirait pas.

6.

Seigneur, pourquoi l'avait-elle laissé faire ? Pourquoi lui avait-elle rendu son baiser ?

Monet arpentait fébrilement sa chambre.

Horrifiée, elle considéra son reflet dans le miroir de la coiffeuse – ses joues rouges, ses yeux brillants, sa bouche encore gonflée de leur baiser. Machinalement, elle pressa ses doigts sur ses lèvres.

Difficile de reprocher à Marcu de l'avoir embrassée quand elle avait passé ses derniers jours à se demander ce que ce serait de l'embrasser… Si ce serait aussi bouleversant que la première fois.

Huit ans plus tôt, les baisers de Marcu avaient mis son âme à nu, lui avaient volé son cœur et l'avaient faite sienne. Pendant huit ans, elle s'était demandé si le souvenir merveilleux qu'elle en gardait était uniquement dû à son inexpérience. À son innocence. À présent, elle savait. Ce n'était pas son inexpérience. Ni son innocence. C'était *lui*. Il y avait quelque chose d'électrique, de puissant, d'inéluctable quand il la touchait.

Le contact de ses lèvres sur les siennes avait réveillé le passé. Mais il avait aussi fait resurgir ses faiblesses. Elle n'était toujours pas immunisée contre Marcu. Elle ne contrôlait rien, et ce désir réprimé était à la limite du supportable.

Le baiser qu'ils venaient d'échanger…

Un coup frappé à la porte restée ouverte la fit sursauter. Elle se retourna. Marcu était là.

— Evitons de réveiller les enfants, dit-il en refermant doucement le battant.

— Je ne me souviens pas t'avoir invité à venir ici.

— Je ne serais pas venu si tu étais restée en bas pour que nous puissions discuter.

— Il n'y a rien à discuter. C'était inopportun…

Monet frissonnait. Elle aurait aimé s'envelopper dans un plaid. Pour se cacher. Pour pouvoir continuer à savourer leur baiser encore quelques instants, parce qu'elle savait qu'il n'y en aurait plus d'autre. Il ne fallait pas.

— Tu as raison. Ce baiser était inopportun, raison pour laquelle nous devons en discuter. Parce qu'il m'est difficile de demander Vittoria en mariage après t'avoir embrassée.

Les paroles de Marcu la firent tressaillir. Il devait à tout prix épouser cette femme pour qu'elle puisse partir d'ici et le chasser de sa vie une bonne fois pour toutes.

— Je peux oublier cet instant d'égarement s'il ne se reproduit pas.

Le regard bleu la transperça, brûlant.

— C'était une erreur. Je ne t'embrasserai plus…

— Bien.

— Tant que je fréquenterai une autre femme.

— Exactement.

— Ce serait différent si je choisissais d'avoir une relation avec toi.

Monet se figea et cligna des yeux, abasourdie. Qu'avait-il dit à l'instant ? Elle déglutit.

— Tu vas bientôt épouser Vittoria, dit-elle d'une voix incertaine. Ne mélangeons pas tout, d'accord ?

— Je cherche une mère pour mes enfants. C'est le but.

— Je sais. C'est pour cette raison que tu seras à Rome mercredi soir avec Vittoria et que vous passerez ensuite la semaine de Noël ensemble. Pendant ce temps, sois tranquille, je veillerai sur tes enfants.

— Je n'en doute pas une seconde.

— Parfait. Alors, à partir de maintenant, tu te concentres sur Vittoria et moi sur les enfants. Comme ça, plus besoin d'épiloguer sur ce baiser. C'était une erreur, nous sommes d'accord.

— Oui.

— Et nous sommes aussi d'accord pour ne pas recommencer.

Monet hésita avant d'ajouter :

— Tu vas dire à Vittoria ce qui s'est passé ? Tu vas lui parler du baiser ?

Marcu ne répondit pas tout de suite, puis il hocha brusquement la tête.

— Il le faut.

Après quoi, il quitta la pièce, laissant Monet plus perturbée que jamais.

Embrasser Marcu avait été une faute monumentale, et le souvenir de sa bouche sur la sienne, de son goût et de la chaleur de son corps, la tourmenta toute la nuit. Dès qu'elle fermait les yeux, elle rêvait de lui, elle rêvait d'être dans ses bras, dans son lit, et d'aller au bout de ce qui avait débuté entre eux huit ans auparavant.

Quand le jour se leva, épuisée par une nuit blanche, elle se sentait plus tendue que jamais. Elle aurait aimé être à Londres dans la sécurité de son appartement. Ici, elle était en danger – pas parce qu'elle avait peur que Marcu se jette sur elle, mais parce qu'elle avait peur d'elle-même. Elle ne se faisait pas confiance. Pas quand il s'agissait de Marcu.

Le baiser de la veille avait remué quelque chose de sombre et de menaçant, des émotions qu'elle ne voulait plus ressentir, des sentiments qu'elle n'éprouvait qu'avec lui.

Il fallait qu'il parte. Qu'il quitte Aoste au plus vite pour organiser son mariage avec Vittoria et qu'elle puisse enfin rentrer à Londres, loin de lui.

Après le petit déjeuner, Monet descendit au village avec les enfants. Il faisait un froid de canard, mais le soleil brillait sur la neige étincelante qui crissait sous leurs pas. Ils bavardaient de tout et de rien, et Monet souriait tant les enfants étaient amusants à écouter, chaleureux et attentionnés les uns envers les autres. Tout le contraire de leur père si sévère et distant.

— J'aimerais bien voir le marché de Noël, dit Rocca en désignant les stands et les petits chalets de bois sur la grande place.

— On demandera à votre papa s'il est d'accord, répondit Monet.

— Il ne voudra pas…, intervint Matteo avec une grimace résignée.

— Pourquoi n'accepterait-il pas ? insista Monet.

— Parce qu'il n'aime pas Noël, répondit Rocca.

— C'est pour ça qu'il n'y a pas de sapin de Noël au château ?

— On n'en fait jamais, dit la fillette.

— Même pas à Palerme ? demanda Monet, consternée en voyant les enfants secouer la tête.

C'était absurde. Chez les Uberto, Noël était célébré en grande pompe. Dès la première semaine de décembre, tout le monde s'affairait à préparer l'événement de l'année.

— Depuis quand ? À l'époque où j'habitais Palerme, la famille de votre papa fêtait Noël tous les ans. C'était le moment préféré de votre grand-père Matteo.

Les enfants haussèrent les épaules en échangeant des regards furtifs mais, cette fois, Monet perçut leur inquiétude et comprit qu'ils taisaient un secret.

— Vous me cachez quelque chose car vous mentez mal – ce qui est une qualité. Allez, dites-moi. Vous pouvez me faire confiance. Rappelez-vous, je connais votre papa depuis très longtemps. Pourquoi ne fêtez-vous plus Noël ?

— Parce que maman est morte juste avant, dit Rocca.

Matteo hocha tristement la tête.

— Le 16 décembre, murmura-t-il.

— Après la naissance d'Antonio, ajouta Rocca.

Le 16, c'était hier, songea Monet. Il y avait tout juste trois ans que Galeta était morte, songea-t-elle, émue.

— Mais alors… Antonio vient d'avoir son anniversaire.

— La semaine dernière, répondit Rocca en tapotant affectueusement l'épaule de son petit frère.

Le cœur serré, Monet dévisagea ces enfants qui avaient vécu la perte de l'être cher et subi un tel bouleversement dans leur jeune existence. Puis elle songea à Marcu. Elle comprenait mieux sa souffrance et son besoin désespéré d'offrir à ses enfants une certaine forme de normalité, même s'il s'y prenait très mal.

— On gèle, déclara Rocca en tapant dans ses mains.

— Continuons à marcher, sinon nous allons nous transformer en glaçons…, renchérit Monet.

Antonio éclata de rire et lui prit la main. Matteo se remit en marche, les épaules voûtées.

— À quoi penses-tu ? lui demanda Monet.

— Je pensais au sapin de Noël que nous faisions avec maman. Nous avons toujours la crèche, mais je ne crois pas que papa l'ait apportée ici.

Monet se rappela qu'au palais des Uberto il y avait une magnifique crèche de Noël datant de plus d'un siècle, avec des figurines délicatement sculptées et peintes à la main.

— Que diriez-vous de fabriquer des décorations pour Noël ? proposa-t-elle. Ce n'est pas parce que votre papa n'aime plus cette fête qu'il faut vous en priver. Peut-être faut-il lui rappeler que c'est un moment merveilleux.

— Il ne voudra pas, répondit Rocca. L'année dernière, il a jeté le petit arbre que nous avions décoré dans la nursery du palais.

— Il ne le jettera pas si c'est moi qui l'achète, déclara Monet.

— Papa vous interdira de l'acheter, répliqua Matteo.

— Alors là, ça m'étonnerait. Même si je travaille pour lui, je suis libre d'acheter ce que je veux et d'en faire ce que je veux.

Les enfants lui jetèrent des regards désolés qui la renforcèrent dans sa détermination. Non seulement, elle n'avait pas peur de leur père, mais, surtout, c'était les Uberto qui lui avaient fait découvrir la magie de Noël. Alors, elle allait faire en sorte que celui-ci soit féerique pour Antonio, Rocca et Matteo.

— Je comprends votre inquiétude, reprit-elle en souriant. Cela dit, c'est *mon* Noël à moi aussi et je serais déçue de ne pas pouvoir le fêter. À Londres, il y a des décorations, des guirlandes et des lumières partout, dans les rues, dans les magasins et les restaurants. Là où je travaille, il y a un gigantesque sapin de Noël décoré de milliers de boules multicolores.

— C'est à Londres, dit Matteo avec une grimace dépitée. Ici, nous sommes en Italie.

— Certes, mais les Italiens, tout comme les Siciliens, adorent célébrer Noël.

— Sauf papa. Franchement, vous feriez mieux de lui demander. Il déteste les surprises.

— Je lui demanderai. Parce que, moi, je déteste être déçue.

Cette fois, Marcu arriva à temps pour dîner.

Monet l'aurait volontiers laissé seul à table avec ses enfants, mais il semblait croire que la présence d'une nounou était tout le temps indispensable. Elle fit cependant attention à ne pas trop parler pour laisser les enfants discuter avec leur père. Malheureusement, la conversation s'essouffla avant même d'avoir vraiment commencé et ce fut un soulagement quand l'heure vint pour eux d'aller se coucher.

Comme la veille, Marcu lui dit qu'il voulait la voir une fois qu'elle les aurait mis au lit.

Monet hocha la tête tout en poussant les enfants hors de la pièce, notant au passage que leur père ne les embrassait jamais pour leur souhaiter bonne nuit, ce qui lui évoquait une sorte d'académie militaire.

Une demi-heure plus tard, elle le rejoignit dans la bibliothèque. De toute évidence, c'était l'endroit qu'il affectionnait pour passer ses soirées. Le feu dans la cheminée et les lourdes tentures aux fenêtres protégeaient la pièce du froid glacial qui régnait dehors.

— Je m'inquiète pour tes enfants, commença-t-elle sans détour en s'installant dans le même fauteuil que la veille. Ils m'ont dit quelque chose qui m'a choquée.

— Comment ça ? dit Marcu en relevant les yeux du livre qu'il lisait, un traité de géopolitique, tout le contraire d'une lecture divertissante.

— Ils m'ont raconté qu'ils ne fêtaient pas Noël. Naturellement, je ne les ai pas crus. Je leur ai parlé des festivités au palais…

— C'était avant, l'interrompit Marcu en refermant son livre d'un coup sec. Aujourd'hui, ce serait déplacé au vu des circonstances.

— Quelles circonstances ? L'église ne célèbre plus la Nativité ?

— Bien sûr que si.

— Alors pourquoi ne fêtes-tu pas Noël avec tes enfants ?

— Nous assistons à la messe.

— Et ?

— Et quoi ? lança Marcu.

— Où est la crèche ? Je me rappelle qu'il y en avait trois au palais, dont une très ancienne.

— Nous ne sommes pas à Palerme.

— Tu ne pouvais pas en apporter une ici ? Ou en acheter une pour faire plaisir aux enfants ?

— Nous ne restons que trois ou quatre semaines. Ce serait beaucoup de bazar pour si peu de temps.

Monet haussa un sourcil, l'air dubitatif.

— Si je comprends bien, tu as choisi d'acheminer jusqu'ici le matériel de ski et les luges, mais rien pour fêter Noël. Pourquoi ? Cette période de l'année a toujours été un moment privilégié dans ta famille.

— Plus maintenant, répliqua sèchement Marcu en se levant pour attiser le feu dans la cheminée. Nos traditions ont changé.

— Jusqu'à priver tes enfants de la magie de Noël ? C'est pourtant l'occasion de s'amuser et de faire tout un tas d'activités en famille.

— J'ai décidé de ne plus les faire.

— Ça leur manque.

Marcu ajouta une bûche dans le foyer avant de se tourner vers Monet.

— Ce qu'ils ne connaissent pas ne leur manque pas.

— Détrompe-toi. Matteo se souvient. Il m'a parlé des gâteaux et des guirlandes qu'il fabriquait avec sa maman. Antonio et Rocca l'écoutaient en ouvrant de grands yeux. Ils aimeraient faire comme tous les enfants de leur âge.

— Il n'en est pas question. Nous ne fêtons plus Noël.

Le ton était catégorique, le regard bleu inflexible. Mais il en fallait plus pour intimider Monet.

— Eh bien moi, si. Je vais acheter un sapin, je le décorerai, j'écouterai des chants de Noël et je préparerai des desserts traditionnels.

— Tu fais ce que tu veux de ton temps libre, mais je t'interdis d'y faire participer mes enfants.

Monet ne put retenir un éclat de rire. Il plaisantait ? Au fait, c'était quoi son temps libre ?

Elle vit le visage de Marcu s'assombrir et sa bouche se pincer en une ligne serrée. Il avait vraiment l'air de croire qu'il pouvait lui donner des ordres et qu'elle allait obéir, le doigt sur la couture du pantalon.

Dans ses rêves !

— Réfléchis une seconde, Marcu, dit-elle calmement. Tu m'as amenée ici pour m'occuper des enfants jour et nuit, week-ends compris. Par conséquent, je n'ai pas de temps libre.

— Tu as une chambre. Tu y fais ce que tu veux.

— Je peux avoir un arbre de Noël dans ma chambre ?

— C'est la tienne. Mais je t'interdis d'y emmener les enfants. Ils ne doivent pas le voir…

— Stop ! Non, mais tu t'entends ? Tu es ridicule. Depuis quand te comportes-tu comme un ogre ? Et le miracle de Noël, il n'existe plus pour toi ?

Marcu la foudroya du regard, ses prunelles bleues étincelantes de colère.

— Les miracles n'existent pas.

— Tu as perdu ta foi.

— Tu ne sais pas de quoi tu parles, dit-il en empoignant le tisonnier pour remuer si rageusement les bûches dans le foyer qu'une gerbe d'étincelles fusa. Tu ferais mieux de laisser tomber le sujet.

Les paroles avaient jailli, acérées et brûlantes telles les étincelles.

— Je crois comprendre. C'est à cause de Galeta. Tu l'as perdue juste avant Noël.

— Je ne l'ai pas perdue. Dieu me l'a enlevée.

Stupéfaite, Monet prit une brève inspiration.

— Allons, Marcu. Comment peux-tu dire une chose pareille ? Dieu n'y est pour rien. Galeta n'était pas immortelle, son corps l'a trahie…

— Foutaises !

Il reposa le tisonnier, le visage crispé par la souffrance.

— Galeta avait trois enfants… deux encore tout petits et un nouveau-né qui n'avait que quelques jours, une famille qui avait besoin d'elle et qui l'aimait. Et je ne sais pas comment faire sans elle. Alors, ne vient pas me parler de foi, parce que, toi aussi, tu douterais si tu perdais quelqu'un d'aussi essentiel à ta vie.

Sur ces mots, il quitta la pièce.

Le lendemain matin, quand Monet se leva, Marcu était déjà parti. Il lui avait laissé un mot précisant qu'il attendait d'elle qu'elle suive ses instructions. Riche d'une obstination qui valait largement la sienne, Monet froissa le message et alla chercher les enfants pour prendre le petit déjeuner et établir le programme de la journée.

— Nous pourrions demander au chef cuisinier de nous prêter la cuisine pour préparer des gâteaux de Noël. Je me rappelle qu'à Palerme il y avait de délicieux biscuits fourrés aux figues avec des zestes d'orange.

Venue débarrasser la table, Elise sourit.

— La recette est compliquée et je ne suis pas certaine que vous trouverez tous les ingrédients, mais vous pourriez facilement préparer des *canestrelli*. Vous voulez que j'en parle au chef ?

— Oui ! répondirent les enfants à l'unisson avant de courir s'habiller.

Une fois prêts, ils reprirent leur discussion concernant le programme du jour.

— D'autres idées ? demanda Monet, encouragée par leurs frimousses enthousiastes. Nous pourrions aussi aller au marché de Noël acheter des décorations et des guirlandes pour notre sapin.

— On n'a pas de sapin, dit Rocca.

— Justement, c'est la première chose que nous devons faire aujourd'hui. Nous allons chercher un arbre et demander à quelqu'un de nous aider à le couper pour l'amener ici.

Matteo eut une grimace sceptique.

— Papa ne sera pas content.

— On ne va pas le mettre dans sa chambre ou dans son bureau. On l'installera à notre étage, dans la nursery.

Elle contempla leurs petits visages anxieux. Ils semblaient vraiment inquiets et ce n'était pas le but.

— Ou bien, nous pourrions l'installer dans ma chambre, ajouta-t-elle après réflexion.

— Quand est-ce qu'on le verra ? s'inquiéta Antonio.

Monet le prit sur ses genoux.

— Vous pouvez venir le voir dans ma chambre quand vous voulez. J'ai une idée ! Le soir, avant de se coucher, on dira les prières et on lira des contes de Noël avec des petits gâteaux chez moi, devant le sapin. Alors, qu'en dites-vous ?

— Génial ! s'exclama Rocca.

Matteo, en revanche, avait vraiment l'air soucieux.

— Papa va nous reprocher de faire des cachotteries.

— Dans ce cas, on oublie le sapin, dit Monet. Je ne veux pas que vous ayez des ennuis. Noël est une fête, et ce n'est pas le moment de se faire gronder.

Durant quelques instants, personne ne pipa mot jusqu'à ce qu'Antonio chuchote :

— Ça ne vous fait rien de ne pas avoir de sapin, *signorina* Wilde ?

— En fait, si, répondit franchement Monet. J'aimerais en avoir un. Même un tout petit que je mettrais sur le bureau dans le coin salon.

— Ou sur la table de chevet, intervint Rocca. Comme ça, vous pourriez le voir de votre lit.

— Bonne idée.

— On pourrait aller le chercher ensemble dans la forêt, ajouta la fillette d'une petite voix pleine d'espoir.

Monet sourit.

— D'accord. Vous m'aiderez à le choisir.

— Ensuite, on le mettra dans votre chambre et, le soir, on ira lui dire bonne nuit.

Rocca se tourna vers son grand frère.

— Si c'est le sapin de Noël de Monet, papa ne sera pas en colère après nous. Il sera en colère après Monet.

Matteo secoua la tête.

— Ce n'est pas juste que ce soit *signorina* Wilde qui ait des ennuis pour quelque chose que nous voulons.

— Alors, on n'a qu'à dire à papa qu'on veut un arbre de Noël, rétorqua Rocca avec le plus grand sérieux. Et s'il crie, tant pis.

— Papa ne crie jamais, il fronce les sourcils, corrigea Matteo. On a l'impression qu'il ne sourira plus jamais.

— Je connais cette expression, dit Monet. Mais votre papa n'a pas toujours été ainsi. Quand il était jeune, il souriait tout le temps.

— Il souriait avant la mort de maman, reprit Matteo. Je me rappelle le dernier Noël avant la naissance d'Antonio. Tu te rappelles, Rocca ? C'était un Noël comme dans les contes de fées.

Les enfants se turent.

Monet sentit sa gorge se serrer et le picotement des larmes dans ses yeux.

« C'était un Noël comme dans les contes de fées. »

Il y avait tant de candeur et de tristesse dans ces quelques mots qu'elle avait envie de les serrer tous les trois dans ses bras pour les consoler et les protéger.

Ils avaient perdu leur mère. Et leur père aussi. Parce que Marcu avait étouffé en lui la joie, la tendresse et l'amour.

— Noël redeviendra comme avant, promis, dit-elle.

— Comment ? demanda Rocca.

Monet lui caressa la joue, et la fillette s'abandonna contre sa paume.

— En rappelant à votre père tout ce qui fait de cette fête un moment si merveilleux.

La journée fut bien occupée entre la confection des gâteaux et la sortie sous la neige en quête du sapin idéal. Il leur fallut près d'une heure pour en dénicher un qui fasse l'unanimité. Ensuite, ils partirent à la recherche du jardinier pour le couper et l'emporter au château. Puis ce fut le choix de l'endroit où il trônerait chez Monet, avant d'opter finalement pour le guéridon à côté de la cheminée.

Une fois le sapin positionné, ils s'attaquèrent à sa décoration. Monet apprit aux enfants à réaliser des flocons de neige et des étoiles en papier. Ils s'apprêtaient à les accrocher dans les branches quand le majordome apparut avec un carton de décorations de Noël qui traînait au grenier. Les enfants découvrirent son contenu avec des cris d'émerveillement devant les boules peintes à la main, les angelots et les animaux délicatement sculptés dans le bois. Ils choisirent ceux de taille suffisamment réduite pour être accrochés dans l'arbre avec leurs flocons de neige et leurs étoiles en papier.

Ravis du résultat, ils supplièrent Monet de les autoriser à dîner devant la cheminée pour pouvoir admirer leur œuvre tout à loisir. Et leur bonheur fut complet quand le chef cuisinier leur apporta des pizzas qu'ils dégustèrent assis à même le sol avec les biscuits de Noël faits maison.

Si Monet souriait de les voir bavarder joyeusement, fiers de tout ce qu'ils avaient accompli ce jour-là, elle appréhendait la réaction de Marcu quand il rentrerait.

Sans doute serait-il vert de rage.

Mais les enfants étaient aux anges et ils avaient encore toute une journée devant eux avant le retour de leur père, le lendemain soir.

7.

En raison de l'alerte météo qui annonçait une tempête de neige dans les prochaines heures, Marcu avait conclu ses réunions plus tôt que prévu. Il volait vers le nord aux commandes de son hélicoptère privé quand la neige se mit à tomber et le vent à souffler. Impossible d'atterrir à Aoste dans ces conditions. Seule solution, rallier le château en voiture depuis l'héliport de Milan. Il contacta aussitôt sa secrétaire pour qu'elle fasse le nécessaire et, quand il posa l'hélicoptère, un 4x4 l'attendait.

Il prit aussitôt la route. Les signes avant-coureurs de la tempête se multipliaient, et le ciel s'était encore assombri, chargé de nuages menaçants.

D'habitude, conduire le détendait et l'aidait à remettre de l'ordre dans ses idées, mais pas ce soir. Il avait beau essayer de ne penser qu'aux enfants, de faire abstraction de Monet, c'était impossible. Plus il essayait de la chasser de ses pensées, plus elle les monopolisait.

La veille, il n'avait qu'elle en tête alors même qu'il dînait avec Vittoria. Pendant toute la soirée, il s'était demandé si Monet n'avait pas raison, s'il n'était pas en train de commettre une terrible erreur, tandis qu'il écoutait sa future épouse discuter de leur semaine de ski, des fêtes auxquelles ils étaient invités et des « people » qui seraient là. Pas une fois, elle n'avait demandé des nouvelles des enfants. Pas une fois, elle ne s'était souciée de savoir avec qui et comment ils allaient passer Noël sans leur père.

C'était le côté pragmatique de Vittoria qui l'avait attiré,

mais que se passerait-il si elle était aussi froide et dure que lui ? Ses enfants n'allaient-ils pas souffrir encore davantage s'il l'épousait ?

— Vittoria, il y a quelque chose dont je dois te parler, avait-il dit en posant sa fourchette. J'ai embrassé Monet, la femme qui s'occupe de mes enfants en l'absence de Mlle Sheldon. Je n'aurais pas dû. Je suis désolé…

— Pourquoi m'en parler ? avait-elle demandé froidement. Pourquoi faut-il que je le sache ?

— Parce que je m'en veux.

Elle avait haussé les épaules.

— Je me doute que tu n'es pas un saint. Tu feras ce que tu veux.

Marcu s'était demandé s'il devait rire ou s'inquiéter.

— Non, Vittoria. Il n'est pas question que j'embrasse une autre femme quand nous serons mariés.

Si nous nous marions un jour, avait-il ajouté mentalement avant de s'alarmer d'une telle pensée. Bon sang, il n'allait tout de même se mettre à douter maintenant !

— Les hommes ont des aventures… Les femmes aussi. C'est la nature humaine.

— Je n'ai jamais trompé Galeta, avait répliqué Marcu. Si nous nous marions, je serai fidèle.

Le « si » lui avait échappé, ce que n'avait pas manqué de relever Vittoria.

— Si ? On dirait que tu n'es plus sûr. Quelques jours avec cette nounou, tu l'embrasses et tu remets en question notre projet de mariage… Peut-être éprouves-tu des sentiments pour elle.

— J'en ai eu quand j'étais plus jeune. Avant d'épouser Galeta.

— Peut-être n'ont-ils pas disparu.

Le dîner s'était conclu peu après. Il avait ramené Vittoria chez elle et l'avait déposée devant sa porte.

Il avait aussitôt repris le volant, étreint par un malaise diffus, bien au-delà du simple trouble. Embrasser Monet avait tout changé. Le baiser avait pourtant été bref. Il n'y avait pas eu de caresses, et pourtant, c'était comme s'il l'avait déshabillée, mise à nu, car son corps était gravé dans son esprit et dans son imagination.

Il avait senti ses seins contre son torse, les parenthèses de ses hanches, la finesse de sa taille. Il avait perçu la chaleur de son corps gracile, le parfum de sa peau, de ses cheveux – parfum mêlé de vanille et de fleur d'oranger qui lui avait donné l'impression d'être de retour à Palerme à l'époque où il était heureux et insouciant. Une époque depuis longtemps révolue.

Par certains côtés, Monet avait radicalement changé. Par d'autres, c'était toujours la même. Courageuse, intelligente, spontanée, naturelle, unique.

Elle était si différente de lui. Mais il fut un temps où ils avaient été unis comme les doigts de la main.

Alors, peut-être…

Il n'y a pas de peut-être ! s'admonesta-t-il durement. L'objectif restait inchangé. Il avait toujours besoin d'une épouse, la première rencontre de Vittoria avec ses enfants s'était plutôt bien passée et ce mariage pourrait être une réussite tout comme le premier. Il n'avait pas épousé Galeta par amour, mais il avait eu du respect pour elle, comme il avait du respect pour Vittoria. L'amour était un sentiment capricieux et imprévisible, et seules comptaient la sécurité et la stabilité. Pas question de prendre des risques avec l'avenir et l'équilibre de ses enfants pour quelque chose d'aussi temporaire et instable que l'amour avec un grand A.

Il avait éprouvé du désir pour Monet. Un désir si violent qu'il avait détruit en quelques instants six années de complicité entre eux et créé un gouffre sans fond entre son père et lui.

Aujourd'hui, il devait combattre ce désir, l'anéantir. Il ne le laisserait pas ruiner ses plans. Il savait très exactement ce qu'il voulait et ce qu'il ne voulait pas. Sa décision était prise.

Avec un soupir, Marcu augmenta la vitesse des essuie-glaces pour balayer la neige qui tombait en abondance, poussée par un vent aussi turbulent que les sentiments qui l'agitaient.

À son arrivée, les enfants dormaient déjà, et il passa les voir dans leurs chambres. Tous dormaient à poings fermés, bien au chaud sous les couvertures.

Il frappa ensuite à la porte de Monet pour s'assurer qu'il n'y avait pas eu de problème en son absence.

Comme elle mettait un peu de temps à ouvrir, il se dit qu'elle aussi était peut-être couchée, et il tournait les talons quand la porte s'entrebâilla.

Le ravissant visage de Monet s'éclaira en l'apercevant.

— Je t'ai réveillée ? demanda-t-il, gêné de l'avoir dérangée.

— Non, je lisais.

— Tout s'est bien passé avec les enfants ?

— Très bien. Nous n'avons pas vu filer le temps.

Marcu tiqua. Il y avait quelque chose d'un peu forcé dans son ton joyeux.

— Qu'avez-vous donc fait ?

— Nous avons préparé des gâteaux et joué dans la neige. Nous avons pris un énorme bol d'air. Les anoraks et les après-ski ont bien servi.

Elle lui souriait tout en gardant sa porte entrouverte si bien qu'il n'apercevait que sa tête et une partie de son épaule.

— Tu me fais douter.

— Pourquoi ?

— Tu sembles un peu trop… un peu trop contente.

— Mais je suis contente ! Tes enfants sont adorables, et nous nous sommes beaucoup amusés.

C'est alors que Marcu aperçut un scintillement derrière elle. Quelque chose qui brillait. Puis il sentit le parfum résineux.

Tendant la main au-dessus de la tête de Monet, il poussa la porte.

Dans le salon, sur le guéridon près de la cheminée, trônait un arbre de Noël. Petit mais magnifiquement décoré, il embaumait la pièce.

Submergé malgré lui par un puissant sentiment de nostalgie, Marcu resta sans voix l'espace d'un instant. Puis il se força à reprendre une respiration lente et mesurée, luttant pour garder son sang-froid à la vue des décors en papier manifestement confectionnés par des mains enfantines.

— Je croyais que nous étions d'accord pour que mes enfants ne participent pas à ces sottises !

— Je n'ai *jamais* dit que j'étais d'accord, répliqua Monet, en croisant les bras sur sa poitrine. Pour la simple et bonne raison que je ne le suis pas.

— Peu importe que tu sois d'accord ou pas. Tu es ici pour faire ce que je te dis.

— Faux. Je suis ici parce que tu me fais confiance pour prendre soin de tes enfants. Et c'est exactement ce que je fais.

— Tu sais très bien que je ne fête pas Noël.

— Est-ce une raison pour les en priver ? Je comprends ton chagrin, Marcu. Mais eux aussi ont du chagrin, et tu leur assènes une double peine en les privant de tout ce qui pourrait leur apporter de la joie.

— N'importe quoi !

Furieux, il avait haussé la voix. Il entra dans la pièce et referma la porte derrière lui.

— Tu as passé trop de temps en Angleterre, marmonna-t-il en s'avançant vers la cheminée.

Il fit le tour du sapin en proie à des émotions qu'il préféra ignorer.

— Libre à toi d'adhérer à cette fête commerciale. En Sicile, mes enfants reçoivent des présents le jour de l'Épiphanie. C'est notre tradition, et ils n'ont pas besoin de ton Noël anglais.

Il y eut un long silence de plomb. Puis Monet secoua la tête, sa longue chevelure brune dansant sur ses épaules.

— Très bien. Tes enfants n'ont pas besoin de fêter Noël, toi non plus. En revanche, moi, j'en ai besoin. J'ai accepté de te rendre service, mais cela n'incluait pas de me priver de tout ce qui met de la lumière dans ma vie. Je veux fêter Noël, vivre sa magie, son effervescence et sa joie. Si ça ne te plaît pas, tu n'as qu'à me congédier tout de suite parce que je ne céderai pas. Je considère que tu as tort et je te trouve épouvantable.

— Épouvantable ?

Marcu avait quasiment rugi.

— Oui, é-pou-van-ta-ble, répéta Monet en s'avançant vers lui, les joues en feu.

Surpris, Marcu recula d'un pas.

— Pas du tout, protesta-t-il, vexé.

— Si tu l'es ! On dirait que tu prends plaisir à te conduire comme une brute. D'accord, tu t'es retrouvé seul avec trois enfants et le cœur brisé, mais ce n'est pas une raison pour te vautrer dans le chagrin et la colère. Il faut avoir le courage de se relever et d'aller de l'avant pour permettre au cœur de cicatriser. Pour permettre à tes enfants de vivre, bon sang ! Je plains Vittoria, je plains la femme que tu vas épouser parce que tu es incapable de laisser le passé derrière toi pour regarder vers l'avenir.

— Les enfants…

— Il ne s'agit pas des enfants, mais de *toi* ! Tu t'en veux parce que tu n'es pas Dieu tout-puissant et que tu n'as pas pu sauver Galeta. Eh bien, laisse-moi te dire que tu as un sérieux problème d'ego à régler, Marcu.

Le corps raidi par la rage, il serra les poings.

— Comment oses-tu me parler sur ce ton ?

Nullement impressionnée, Monet le fusilla d'un regard où l'ambre jetait des éclairs.

— Comment personne n'ose-t-il te parler sur ce ton ? riposta-t-elle. Ils ne te rendent pas service en te disant uniquement ce que tu veux entendre.

— J'en ai assez ! Demain matin, tu enlèveras ce sapin…

— Pas question.

— Si tu ne le fais pas, je m'en chargerai.

— Touche à mon sapin et je m'en vais. Et si tu veux me virer, tant mieux, parce que je n'ai jamais demandé à travailler pour toi. Je suis venue ici pour t'aider et, que ça te plaise ou non, je n'ai pas d'ordre à recevoir de toi. Je ne suis pas ton employée.

— Tu oublies que je te paie.

— Garde ton argent. Je n'en veux pas. Tout ce je voulais de toi, c'était du respect. Et c'est la seule chose que tu m'as refusée.

— Tu es complètement folle !

— Pas folle, juste sincère. J'en ai assez de me taire. Assez de ton ego démesuré. Tu n'es qu'un homme, Marcu, et comme tout être humain, tu commets des erreurs. Ce ne serait pas si grave si tu étais capable de les reconnaître et d'y remédier, mais tu ne veux rien entendre.

— Tu as fini ?

— Non. Je ne vais pas marcher sur des œufs pour ménager ton amour-propre et faire comme si tu avais raison alors que tu as tort. Tu ne me fais pas peur, et je me fiche de ce que tu penses de moi. Je sais le peu de considération que tu as pour moi, Marcu. Je sais très exactement de quelle façon vous m'avez toujours considérée, toi et ton père. C'est pour cette raison que j'ai quitté Palerme. Je n'étais pas assez bien pour toi. Pas digne de porter ton nom.

Les mots jaillissaient de plus en plus vite, comme si une digue s'était rompue, libérant le torrent retenu pendant des années et qui ne pouvait pas être contenu plus longtemps.

— J'étais le genre de fille qu'on met dans son lit, mais qu'on ne juge pas assez convenable pour être épousée. Le genre de fille dont on se sert pour satisfaire ses désirs charnels, mais à laquelle on n'ouvrira jamais son cœur…

— Tu racontes n'importe quoi ! marmonna Marcu, paraissant à bout de patience.

— Non. Je vous ai entendus, toi et ton père, le soir où il nous a trouvés ensemble dans ta chambre, quand il t'a fait sortir dans le couloir. Il t'a demandé si tu étais prudent, si nous avions des rapports protégés parce que ce serait stupide de me mettre enceinte puisque je n'étais pas celle que tu épouserais. J'ai entendu chacun de ses mots, Marcu. J'imagine que c'était le but : me faire savoir que je n'étais pas le genre de femme que tu pourrais exhiber en société. Que je n'étais qu'une traînée comme ma mère...

— Il n'a pas employé ce terme, l'interrompit Marcu, choqué qu'elle ait entendu cette conversation.

Il ignorait que la voix de son père ait pu porter aussi loin. Et il comprenait soudain la rancœur de Monet à l'égard de sa famille.

— C'est vrai, dit-elle en portant une main tremblante à son front, mais c'était quasiment la même chose. Pour faire court, je n'étais pas une personne convenable car je n'étais qu'une bâtarde.

— Il n'avait pas l'intention de te blesser... Il essayait seulement de me protéger parce que j'étais son héritier.

— En effet, il faisait ce qu'il croyait être le mieux pour son très cher fils, dit Monet avec un sourire ironique que contredisait le scintillement des larmes. Finalement, ce fut une bonne chose. Ça m'a ouvert les yeux.

— Il t'a blessée et j'en suis navré.

— *Tu* m'as blessée, rectifia Monet. J'ai compris ce soir-là que tu n'éprouvais pas de véritables sentiments pour moi. Ce fut un sacré choc, celui qu'il me fallait pour comprendre qu'il était temps de vivre ma vie sans essayer de plaire à tout prix aux Uberto. C'est ce qui m'a libérée et qui fait qu'aujourd'hui je peux me tenir face à toi sans être tenaillée par ce terrible sentiment d'infériorité.

Marcu ne savait comment réagir, comment échapper à cette avalanche de mots qui le mitraillaient, acérés, violents. Était-ce donc l'unique raison pour laquelle elle avait fui Palerme ?

— Tu aurais dû m'en parler, dit-il d'une voix tendue. Tu aurais dû...

— Et après ? Qu'aurais-tu fait ? Nier ? Me dire que j'avais mal entendu ? Que je n'avais pas compris ? Marcu, j'avais parfaitement compris, mais tout ça n'a plus d'importance.

Ce qui compte aujourd'hui, c'est ce qui se passe ici avec tes enfants. Tu dois faire ton deuil et faire la paix avec toi-même pour pouvoir leur manifester ton amour. Tu n'as pas besoin d'une nouvelle épouse pour t'occuper d'eux ni de leur offrir une nouvelle maman. Tu pourrais être un père formidable si tu tournais le dos au passé pour te consacrer au présent. Tu as des enfants adorables, intelligents et drôles, et si jeunes encore. Ils ont seulement besoin de quelqu'un qui les aime, qui partage leur quotidien et leurs rires. Pourquoi ce n'est pas toi ?

Marcu serra les dents. Les paroles implacables de Monet perçaient l'armure qu'il portait pour se protéger de l'excès de sentiments.

— Je crois que tu en as assez dit pour ce soir.

— Dans ce cas, tu peux sortir de ma chambre. Je ne te retiens pas.

— Tu essaies encore de me provoquer.

— Tu refuses de voir ce que tu as sous le nez !

— C'est-à-dire… toi ?

Marcu avança d'un pas. Monet recula d'un pas.

— Non, tes enfants, répliqua-t-elle vivement.

Il avança encore d'un pas, puis de deux.

Monet recula de nouveau, se rapprochant du mur.

Il n'avait pas l'intention de la laisser s'échapper si facilement.

— Tu ramènes tout aux enfants, mais ce n'est pas le sujet, dit-il doucement. Tu m'en veux parce que je n'ai pas pris ta défense contre mon père, ce soir-là.

— Oui, je me suis sentie humiliée, rabaissée plus bas que terre et je t'en ai voulu, mais c'est de l'histoire ancienne. Aujourd'hui, je suis ici pour essayer de t'aider. C'est pour ça que tu m'as obligée à venir.

— Pour suivre mes instructions, dit-il en finissant de l'acculer dos au mur. Pas pour me défier à tout bout de champ.

Il se tenait devant elle, sans la toucher, mais assez près pour la tenir prisonnière et l'empêcher de faire le moindre mouvement sans risquer d'entrer en contact avec lui.

Monet redressa le menton, avec cette expression butée qu'il commençait à bien connaître.

— C'est parce que tu es devenu lâche.

— Lâche, moi ?

— Oui, lâche, dit-elle en le gratifiant d'un regard méprisant. Tu ne fais aucun effort pour arranger les choses, tu attends que quelqu'un s'en charge pour toi. Mais tu finiras par le regretter si tu continues comme ça.

— Je regrette déjà de t'avoir amenée ici.

— Alors, renvoie-moi à Londres. Ça fera deux heureux.

Elle était menue, à peine lui arrivait-elle à l'épaule, mais elle était enragée telle une lionne, vibrante de colère et d'émotion. Et lui qui évitait les émotions comme la peste, il était attiré par sa flamme comme l'est le papillon par la lumière. Au risque de s'y brûler les ailes…

Il mourait d'envie de plaquer son corps contre le sien, de l'embrasser, de la posséder. Mais il avait promis de ne pas la toucher… tant qu'il envisageait d'épouser une autre femme, et c'était un homme de parole. Pourtant, il se rapprocha encore et appuya ses mains de chaque côté de sa jolie tête contre le mur. Il n'y avait plus qu'un petit espace entre eux. Assez pour tenir sa promesse, mais pas assez pour leur tranquillité d'esprit.

De toute façon, il était impossible d'avoir l'esprit serein avec Monet.

— Tu as promis de ne pas me toucher, dit-elle, le souffle court.

Il perçut l'émotion dans sa voix, sa respiration précipitée.

— Je ne te touche pas, dit-il en inclinant la tête vers elle.

Sa bouche était si proche à présent qu'il pouvait sentir la chaleur de son souffle. Une chaleur qui lui faisait tourner la tête. Monet l'intoxiquait. Elle était comme une drogue.

Il la vit déglutir. Il vit ses mâchoires se crisper, des paillettes d'or étinceler dans ses prunelles sombres. Ses lèvres pleines étaient… si tentantes.

— Je sais ce que tu veux faire, murmura-t-elle d'une voix

rauque, déclenchant dans son esprit des images explicites de corps enlacés.

Il avait envie de sexe. Il avait envie d'interdit.

— Mais je n'ai encore rien fait, murmura-t-il en se penchant encore davantage sur elle jusqu'à sentir son haleine brûlante sur ses lèvres, le parfum de sa peau.

Un véritable supplice. Il baissa les yeux sur sa bouche, fascinée par sa courbe. Une courbe indécente et sensuelle qu'il mourait d'envie d'emprisonner entre ses dents.

Il était excité à l'extrême, consumé par un désir si intense qu'il en avait mal dans les os. Pourquoi était-elle la seule à posséder un tel pouvoir sur lui ? Qu'est-ce qui chez elle le rendait fou ? C'était absurde. Et, pourtant, ce désir contre toute logique était bien réel.

Les joues écarlates, Monet se mordit la lèvre inférieure.

— Tu ne respectes pas les règles.

— Quelles règles ?

Elle ferma les yeux et prit une profonde inspiration avant d'expirer lentement.

— Ce que tu es en train de faire.

Marcu n'en pouvait plus. Il désirait sa bouche. Il mourait d'envie de la goûter.

— Toi et moi, ça ne peut vraiment pas marcher ? marmonna-t-il d'une voix rauque et mal assurée, trahissant le conflit qui faisait rage en lui.

Elle secoua légèrement la tête, les yeux toujours fermés.

— Alors, qu'est-ce qu'on fait ?

— L'un de nous deux doit partir.

Elle rouvrit les paupières, et la douleur qu'il lut dans son regard d'ambre lui fit l'effet d'un coup de poignard en plein cœur.

— Nous ne pouvons pas rester tous les deux sous le même toit, murmura-t-elle. Ce n'est pas bien, ni pour toi ni pour moi. Tu le sais.

Oui. Il détestait l'entendre le dire, mais elle avait raison. Ils se faisaient du mal. Il détestait cet excès de sentiments qu'elle éveillait en lui. Il détestait ne plus rien contrôler.

Mais la laisser partir… C'était la perdre à nouveau.

Elle n'était pas à lui. Elle ne le serait jamais. Il devait l'accepter. Se montrer responsable.

— Ta présence ici est nécessaire. Pas la mienne, déclara-t-il avant de s'écarter, vaincu. Je quitterai le château demain matin.

— Bien. Sinon, c'est moi qui partirai.

Restée seule, Monet traversa la chambre telle une somnambule et se glissa dans le lit, pelotonnée en boule, les genoux entre ses bras, en proie à une excitation fiévreuse.

Jamais, elle n'avait autant désiré un baiser.

Pas un baiser doux et tendre. Mais un baiser sauvage, passionné. Elle avait voulu sentir le poids du corps de Marcu sur le sien, ses mains sur ses seins, sa bouche sur sa peau et…

Seigneur ! Comme autrefois à Palerme, elle le désirait. Elle le désirait peut-être même encore plus, alors même que son esprit se révoltait. Parce qu'elle l'aimait à la folie d'un amour passionné qu'elle savait sans issue.

Un soupir douloureux lui échappa. Il lui fallait d'une façon ou d'une autre étouffer ses sentiments, se maîtriser, oublier cet amour impossible.

Debout à la fenêtre de sa chambre, Marcu regardait la neige tomber. Il était minuit passé, mais le sommeil le fuyait tant il avait l'esprit agité par tout qui venait d'être dit ce soir.

Pendant toutes ces années, il avait cru que Monet avait quitté Palerme parce qu'elle lui en voulait pour son baiser et ses caresses. Il était persuadé qu'elle avait fui parce qu'elle regrettait ce qu'ils avaient fait. Parce qu'elle avait sans doute vu en lui un grand frère de substitution, quelqu'un qui la protégerait et qui, en lieu et place, avait trahi sa confiance.

C'était la seule explication qu'il avait trouvée au regard dégoûté qu'elle lui avait jeté quand il avait regagné sa chambre après sa brève discussion avec son père.

Pendant des années, il n'avait pu penser à elle sans se haïr, écœuré d'avoir abusé d'elle. Alors qu'en réalité elle avait été atrocement blessée par les paroles de son père et anéantie parce que lui-même n'avait pas pris sa défense.

Il n'avait pas imaginé une seconde qu'elle ait pu entendre leur conversation.

Il fronça les sourcils, le regard perdu sur les tourbillons de neige.

Quoi qu'il en soit, il ne pouvait pas rester sous le même toit que Monet. Que s'était-il imaginé ? Qu'elle ne l'attirerait plus ? Que l'amener ici le libérerait du passé ? Le libérerait d'elle ? Y avait-il seulement cru ? Son désir pour Monet était plus fort que jamais. Il la désirait comme un fou. Comme autrefois, il mourait d'envie de la caresser, de la goûter, de la faire trembler et gémir de plaisir.

Pourtant, il avait dans son sac de voyage une bague de fiançailles pour Vittoria. La raison lui soufflait qu'elle était la femme qu'il lui fallait parce qu'elle ne menaçait ni sa tranquillité d'esprit ni son sang-froid. Parce qu'il préférait un monde rationnel, un monde où régnaient l'ordre et la logique. La passion, elle, était brouillonne, imprévisible, volatile, source d'incertitudes et de conflits.

Il posa ses paumes sur la vitre glacée pour calmer la brûlure du désir qui le consumait, ralentir son pouls, reprendre le contrôle de son corps et de ses émotions.

Monet avait été son seul amour et le resterait toujours, mais elle ne lui était pas destinée. Elle ne l'avait jamais été.

Il n'était pas question de passion dans le mariage, seulement de devoir et de responsabilité. Il ne fallait pas confondre les deux.

Il quitterait le château demain à la première heure. Avant de commettre une folie qui pourrait bouleverser leurs existences.

La neige tombait à gros flocons sous les rafales d'un vent glacial quand Monet se leva, le crâne pris dans un étau, les yeux rougis par le manque de sommeil. Elle avait passé une nuit agitée à tourner dans son lit, l'esprit et le corps tourmentés.

Enveloppée dans une grosse veste en laine, elle alla au salon, alluma les guirlandes lumineuses du sapin et se prépara un café, s'efforçant d'ignorer les contours acérés de la douleur qui l'assaillait.

Elle sirotait son café quand un petit coup fut frappé à sa porte. Fermant les yeux, elle fit une rapide prière – *pitié, pas Marcu* — et se leva pour aller ouvrir.

C'était lui, vêtu d'une parka d'hiver.

— Je suis passé dire au revoir aux enfants.

— Tu pars déjà ? Le jour se lève à peine.

La seconde précédente, elle ne voulait pas le voir et, maintenant qu'il était sur le point de partir, elle se sentait étrangement vide et glacée. Elle tourna un regard inquiet vers la fenêtre. La neige tombait si dru qu'on ne distinguait plus les arbres cernant le château.

— Il n'y a guère de visibilité. La route n'a sans doute pas encore été dégagée, murmura-t-elle, inquiète.

— Je reconnais que ce ne sont pas des conditions de conduite idéales, mais le 4x4 peut encore passer. La météo annonce une aggravation pour les trois prochains jours. Si je veux sortir de la vallée, c'est maintenant ou jamais.

— Sois prudent.

Marcu hocha la tête, hésitant.

— Il y a quelque chose que j'aimerais te dire avant de partir, Monet. Quelque chose que j'aurais dû te dire, il y a huit ans. Je t'ai aidée à quitter Palerme uniquement parce que je croyais que je te dégoûtais. Que tu pensais que j'avais abusé de toi…

Sa voix faiblit quand il ajouta :

— En tout cas, c'est ce que j'ai cru en voyant tes larmes quand je suis revenu dans la chambre après l'intermède avec mon père.

Il baissa la tête, le regard rivé au sol.

— Je m'en voulais de t'avoir fait du mal et de ne pas m'être excusé. C'est de ça que je voulais te parler après la mort de Galeta. Parce que j'y voyais le signe d'une punition divine pour ce que je t'avais fait…

— Non ! s'exclama Monet en tendant une main.

Elle allait la poser sur son torse quand sa conscience la rappela à l'ordre. Elle replia les doigts en un poing serré.

— Dieu ne t'a ni maudit ni puni, Marcu. Tu n'as pas non plus abusé de moi. Tu n'avais rien fait de mal, rien qui m'ait déplu. Si j'avais de la peine, ce soir-là, c'était pour de tout autres raisons en rapport avec mon cœur de midinette. J'avais le béguin pour toi et j'étais triste que ce ne soit pas réciproque.

Elle réussit à sourire.

— C'était réciproque. Sinon, je ne t'aurais pas embrassée.

— Peut-être, mais je ne faisais pas partie de ces filles avec qui tu pouvais envisager une relation sérieuse, rappelle-toi.

— Tu te trompes…

— C'est bon, Marcu. À l'époque, j'avais dix-huit ans et l'âme romantique. J'ai pris ton baiser trop au sérieux et je me suis fait un film. Une erreur à laquelle j'ai survécu.

Monet recula d'un pas et esquissa une petite révérence.

— La preuve, je suis toujours là !

Marcu releva la tête et accrocha son regard.

— Il y a cependant une dernière chose que je tiens à te dire.

Monet un sourire sur ses lèvres.

— Hé ! Tu parles comme si je n'allais plus te revoir. Tu ne vas pas conduire comme un fou ?

— Bien sûr que non. J'ai trois enfants qui ont besoin de moi.

Il passa une main dans ses cheveux.

— Je veux simplement te dire que c'était injuste de ma part de t' obliger à venir ici sous prétexte que tu m'étais redevable, alors que c'est moi qui t'avais mise dans une situation délicate.

Monet se revit dans le lit de Marcu quand son père avait débarqué dans la chambre. Marcu l'avait aussitôt recouverte, mais il était clair qu'elle ne portait pas grand-chose sur elle, à l'exception de sa petite culotte.

— Ce qui est fait est fait, dit-elle calmement. On prend tous des bleus à l'âme en grandissant, c'est le prix à payer pour passer à l'âge adulte. Le moment était venu pour moi de voler de mes propres ailes et de construire ma vie sans les Uberto.

Marcu tourna la tête vers la fenêtre derrière laquelle il pouvait voir le vent malmener les arbres.

— C'est bien pour ça que je t'ai fait promettre de me renvoyer l'ascenseur le jour où j'aurais besoin de ton aide. Je ne voulais pas que tu coupes définitivement les ponts. C'était ma façon de te laisser partir sans vraiment le faire. Cette histoire de dette était tout ce qui me raccrochait à toi, la certitude de ne pas te perdre complètement.

Monet sentit son cœur se serrer.

Marcu avait toujours su trouver les mots justes pour la toucher... Du moins jusqu'à ce qu'elle ait quitté Palerme et qu'il soit devenu un autre homme, un homme qu'elle ne reconnaissait plus. Il semblait pourtant qu'une part du Marcu d'autrefois était encore là, sous la surface. Le Marcu qu'elle adorait n'avait peut-être pas complètement disparu.

— C'est bien que nous ayons pu nous parler à nouveau, dit-elle doucement. Et je suis heureuse d'avoir pu te rendre service. Tes enfants sont formidables, et tu as de la chance de les avoir.

L'étau dans sa poitrine se resserra, bloquant l'air dans sa gorge. Curieux comme tout pouvait basculer.

La nuit dernière, elle s'était couchée le corps frémissant de désir. Ce matin, elle avait l'impression que son cœur s'était échappé de sa poitrine pour échouer à ses pieds.

— Il faut que j'y aille, murmura Marcu.

Monet jeta de nouveau un coup d'œil inquiet vers la fenêtre.

— On ne voit vraiment rien.

— Une fois que j'aurai franchi le col, ça ira.

— *Si* tu franchis le col, rectifia-t-elle.

Marcu lui décocha alors l'un de ces sourires insouciants, ce sourire d'autrefois dont elle se souvenait et qu'elle avait cru ne jamais revoir.

— Tu n'as donc pas confiance dans mes talents de pilote ?

— Si, mais je ne vois pas l'intérêt de tenter le diable quand tant de choses ici dépendent de toi.

Le sourire de Marcu s'effaça.

— Tu crois que je n'écoute pas, mais j'ai entendu tout ce que tu m'as dit, Monet.

La gorge serrée, elle battit des paupières pour contenir les larmes dans ses yeux.

— Tu vas nous manquer, murmura-t-elle. Sois prudent.

Il y eut un silence. Un silence chargé de non-dits.

— Toujours, répondit Marcu avant de tourner les talons.

8.

Monet et les enfants passèrent une partie de la matinée à jouer aux cartes avant d'aider le chef cuisinier à préparer des raviolis. Ce dernier leur montrait comment découper les carrés de pâte, les replier délicatement sur la farce et en pincer les bords, quand le majordome apparut sur le seuil de la pièce et fit signe à Monet de le suivre.

— Je viens de recevoir un appel de la gendarmerie. La voiture de Monsieur a été retrouvée. Il semblerait qu'elle ait franchi le talus.

— Quel talus ? demanda Monet, soudain chancelante.

Le vieil homme fronça les sourcils.

— Eh bien, la voiture a quitté la route.

— Vous voulez dire qu'elle a basculé dans… dans le précipice ?

— En effet. Mais Monsieur n'était pas dans la voiture. Les gendarmes ne l'ont pas trouvé à proximité. Selon eux, il n'a pas été blessé dans l'accident, sinon, il n'aurait pas pu s'éloigner.

À moins qu'il n'ait subi une commotion cérébrale et que, désorienté, il se soit égaré pour aller mourir de froid au fond d'un ravin, pensa Monet, folle d'inquiétude.

— Y avait-il du sang dans la voiture ? demanda-t-elle d'une voix blanche. L'airbag s'est-il déclenché ?

— Les gendarmes n'ont rien dit.

Monet s'avança vers la fenêtre qui donnait sur le jardin d'herbes aromatiques, à présent enfoui sous plus d'un mètre de neige. Tout était blanc et le blizzard continuait de faire rage.

Où était Marcu ? Peut-être était-il sorti indemne de l'accident. Peut-être avait-il été pris en stop par un automobiliste jusqu'à Milan. Mais, dans ce cas, il aurait tout de même appelé ou envoyé un texto pour rassurer tout le monde…

L'estomac noué, elle se mordilla nerveusement un ongle. Il n'aurait pas dû partir en pleine tempête. C'était ridicule… Dangereux… Quel idiot !

Rocca passa la tête par la porte de la cuisine.

— *Signorina* Wilde, vous ratez le plus amusant !

Monet força un sourire sur ses lèvres.

— J'arrive dans une minute.

Elle attendit que la fillette ait refermé la porte pour se tourner vers le majordome.

— Vous avez le numéro de téléphone du responsable qui coordonne les opérations de recherches ?

— Non. À ce stade, je ne suis pas sûr que les recherches aient déjà été lancées.

— Même si la voiture de Marcu Uberto a été retrouvée dans le fossé et qu'il n'est pas dedans ?

— Nous sommes dans une zone reculée, et la tempête mobilise beaucoup d'hommes et de moyens dans la vallée.

Monet tourna la tête vers la porte de la cuisine, le cœur serré en songeant aux enfants. Le majordome suivit son regard.

— J'ai préféré vous prévenir discrètement.

— Vous avez bien fait. Inutile d'inquiéter les petits pour le moment.

Monet lisait un conte aux enfants quand elle entendit le grondement caractéristique d'un chasse-neige.

Elle courut à la fenêtre pour voir un tracteur équipé d'une lame de déneigement remonter l'allée. Une fois l'engin arrêté devant le perron, le conducteur sortit de la cabine et la contourna pour aider son passager à descendre.

— Papa ! s'écria Antonio en plaquant ses menottes contre la vitre.

Monet regarda le conducteur soutenir Marcu jusqu'à la porte d'entrée.

— Je reviens ! lança-t-elle aux enfants en se précipitant vers l'escalier qu'elle dévala quatre à quatre.

Marcu était dans le hall, entouré des domestiques accourus à sa rencontre. Il était trempé jusqu'aux os et visiblement mort de froid, mais il était là, sain et sauf.

Monet allait s'approcher quand elle se rappela où était sa place. Elle n'était pas sa petite amie, elle n'était pas de la famille et ne faisait pas vraiment partie du personnel. Alors, elle s'immobilisa au pied de l'escalier et l'observa de loin.

Il avait le menton écorché, une entaille sur l'aile du nez, une autre sur la pommette, une belle ecchymose sur la tempe et il tenait à peine debout.

Soutenu par le majordome, il prit la direction de l'escalier pour monter dans ses appartements. Comme Monet s'effaçait pour les laisser passer, leurs regards se croisèrent. Il avait l'air exténué.

— J'aurais dû t'écouter, murmura-t-il.

— Tu es en vie, c'est l'essentiel, répondit-elle avec un soupir soulagé.

Il parut sur le point de dire quelque chose, mais se ravisa et poursuivit son chemin.

Monet ne revit pas Marcu de la journée. Après avoir pris une douche, il s'était allongé sur son lit et s'était endormi pour ne réapparaître qu'à l'heure du dîner.

Il commença par rassurer les enfants impressionnés par son visage contusionné. Il leur expliqua qu'il avait eu un accident de voiture, qu'il n'avait pas pu prévenir les secours car son téléphone s'était brisé sous le choc et qu'il avait marché près d'une heure dans la forêt avant d'atteindre une ferme. Le propriétaire avait aussitôt attelé une lame de déneigement à son tracteur pour le ramener au château, mais le trajet avait pris beaucoup de temps.

Patiemment, il répondit à leurs questions, puis les enfants lui racontèrent à leur tour leur journée sous le regard amusé de Monet. Elle parlait peu, préférant écouter et regarder ce qui se passait autour de la table. Parfois, quand son regard accrochait celui de Marcu, il lui souriait. À les voir ainsi, un étranger aurait pu les prendre pour une famille, se disait-elle avec un pincement au cœur.

Le dessert terminé – un délicieux cake aux amandes accompagné d'une crème anglaise –, Monet souffla aux enfants d'aller embrasser leur papa pour lui souhaiter bonne nuit. Manifestement surpris par leurs étreintes et leurs embrassades, Marcu les leur rendit un peu maladroitement, mais les petits étaient ravis, et Rocca lui offrit une dose supplémentaire de baisers.

— Tu redescendras après les avoir mis au lit ? demanda-t-il alors que Monet poussait les enfants hors de la salle à manger.

Elle acquiesça et revint une heure après car les enfants posèrent encore beaucoup de questions sur l'accident. Et puis, surtout, ils voulaient savoir si leur père allait repartir ou rester avec eux pour Noël. Ne sachant que répondre, elle les avait encouragés à lui poser directement la question après une bonne nuit de sommeil.

Quand elle rejoignit Marcu, il était allongé sur le canapé, un bras en travers des yeux.

— La lumière te gêne ?

— Un peu, oui. J'ai un mal de tête dont je n'arrive pas à me débarrasser.

— Tu as sans doute une commotion.

— Possible. Le choc a été rude.

— L'airbag n'a pas fonctionné ?

— Si, mais ma tête a heurté un rocher alors que j'essayais de sortir du ravin. J'étais à mi-pente quand j'ai glissé sur la neige.

Laissant retomber son bras, il se redressa en position assise.

— Ça m'apprendra à croire que je suis un as du volant. Il fallait être idiot pour s'aventurer sur cette route de montagne en pleine tempête.

— Tu es là, c'est tout ce qui compte. Surtout pour les enfants. Ce soir, ils ont fait une prière spéciale pour toi tellement ils sont contents de t'avoir à la maison.

Marcu esquissa une grimace, mais ne dit rien.

Monet se jucha sur l'accoudoir du fauteuil face à lui.

— Ce serait bien que tu prennes le temps de leur lire des histoires et de les mettre au lit, dit-elle d'une voix douce. Ce rituel est un moment important de leur journée. Il les rassure, et tes enfants ont besoin de se sentir en sécurité avec toi.

— Ils le sont. Je ferai toujours tout pour les protéger.

— Je te parle de sécurité émotionnelle, Marcu. Il faut qu'ils se sentent à l'aise avec toi, qu'ils puissent te parler de ce qu'ils vivent, de ce qu'ils pensent, de ce qu'ils ressentent. L'heure du coucher est le moment idéal. Il est normal que leur nounou s'en charge quand tu t'absentes mais, quand tu es là, c'est à toi qu'ils devraient se confier.

Marcu ferma les yeux en se frottant les tempes.

— Tu as beaucoup de certitudes, Monet.

— Parce que je sais de quoi je parle. Ma mère n'était jamais là, le soir, puisqu'elle était avec ton père. J'aurais tellement aimé avoir quelqu'un avec qui parler de ma journée, de mes joies ou de mes peines avant de fermer les yeux…

Monet se tut, mortifiée d'en avoir tant dit. Elle n'aimait pas parler de la solitude dans laquelle elle avait grandi parce que l'existence avec sa mère avait toujours été chaotique et tourmentée.

Marcu rouvrit les paupières.

— Tu devais nous en vouloir.

— Pas du tout. Celle à qui j'en voulais, c'était ma mère. Ta famille, je l'adorais. Vous m'avez donné un aperçu de ce que pouvait être le bonheur familial – les repas du dimanche, les anniversaires, les vacances avec tes frères et sœurs, vos coutumes et vos traditions. Mon premier vrai Noël, c'est chez vous que je l'ai connu. Je garde de merveilleux souvenirs de ces six années à Palerme.

Marcu resta silencieux un instant, le regard perdu dans le vague, avant de murmurer :

— Et c'est moi qui t'ai privée de tout cela.

Monet baissa les yeux sur ses mains qu'elle croisait et décroisait nerveusement.

— Tôt ou tard, j'aurais dû partir. Je n'allais pas rester avec ma mère toute ma vie. Nous étions convenues que je devrais gagner ma vie une fois majeure, et je venais d'avoir dix-huit ans. Il était temps pour moi de voler de mes propres ailes.

— J'aurais quand même préféré ne pas être celui qui t'a fait quitter Palerme.

Monet se demanda comment ils en étaient venus à dériver sur ce sujet.

— Revenons à tes enfants. Je disais que ce serait bien que ce soit leur papa qui les mette au lit.

Marcu la regarda avec un petit sourire.

— D'accord, je m'en occuperai demain soir. Contente ?

— Très, parce que je sais que rien ne pourra leur faire plus plaisir.

Il fixa sur elle son regard bleu intense.

— Et toi, Monet, qu'est-ce qui te ferait plaisir ?

Elle sentit le souffle lui manquer.

— Je ne sais pas.

— Il n'y a rien qui te ferait plaisir ?

Elle resta silencieuse, ne sachant que répondre. Peut-être parce qu'elle-même n'était plus certaine de rien. Depuis son arrivée au château, elle nageait en pleine confusion. D'un côté, elle se consumait de désir pour Marcu et n'aspirait qu'à être désirée. De l'autre – le côté rationnel –, elle paniquait à l'idée qu'il la touche parce qu'elle se savait incapable de lui résister.

— J'ai rompu avec Vittoria, annonça-t-il en se levant pour

s'approcher de la cheminée. Je lui ai dit que ça ne marcherait pas nous deux et que j'étais désolé si je lui avais donné de faux espoirs.

Monet ouvrit la bouche et la referma, soudain privée de toute faculté d'élocution.

Marcu se tourna vers le feu tout en parlant.

— Elle n'a pas été surprise. Elle a même semblé plutôt soulagée. En fait, elle n'avait aucune envie de s'occuper des enfants d'une autre femme, craignant qu'ils soient une gêne pour notre vie sociale et pour les voyages qu'elle s'imaginait faire.

— Je suis désolée, murmura Monet.

— Pas moi. Tu avais raison sur beaucoup de choses.

— Comme quoi ?

— Le mariage n'est pas qu'un simple contrat. Il faut un minimum de sentiments. Vittoria n'éprouvait rien pour moi, ni pour les enfants.

— Pourquoi sortait-elle avec toi ?

Marcu lâcha un petit rire sans joie.

— Parce que je suis riche.

— Et sexy..., ajouta Monet avant de se mordre la langue.

Il lui glissa un regard amusé.

— Tu trouves ?

— Tu es insupportable. Mais, cette fois, je te pardonne. Tu as eu une dure journée, ajouta-t-elle d'un ton léger alors même que son cœur battait à coups redoublés.

Il esquissa un sourire pensif.

— Finalement, tout est pour le mieux. Je vais pouvoir passer Noël ici, en famille, et j'ai échappé de justesse à une union qui aurait été désastreuse pour mes enfants. J'imagine que je te dois des remerciements...

— Ce n'est pas nécessaire. Je n'en veux pas.

— Pourquoi ?

— Parce que nous nous connaissons depuis longtemps et, malgré la façon dont ça s'est terminé, tu as été mon ami quand j'en avais besoin. Il est donc normal qu'à mon tour je sois l'amie dont tu sembles avoir besoin aujourd'hui.

— Tu es bien plus qu'une amie, Monet.

Elle le dévisagea, avec l'impression d'être de nouveau cette jeune fille entichée d'un garçon inaccessible. La plupart des hommes qu'elle connaissait la laissaient de glace. Marcu, lui, était différent. Il la faisait vibrer, frissonner. Avec lui, elle se sentait vivante, aussi brûlante que le feu, aussi légère que la fumée. Cela n'avait aucun sens, mais il en avait toujours été ainsi.

Il ne la lâchait pas des yeux. Renonçant à dissimuler ses émotions – les bonnes comme les mauvaises –, Monet soutint son regard.

Elle mourait d'envie de découvrir avec lui toutes ces choses qu'elle n'avait jamais connues. Il avait couché avec beaucoup de femmes, mais jamais avec elle. *Et c'était aussi bien*, lui soufflait sa conscience. *Il ne fallait pas.*

D'un autre côté, elle n'avait plus dix-huit ans. Elle avait le droit de faire l'amour avec qui elle voulait.

Et celui qu'elle voulait, c'était Marcu.

Si elle devait appartenir à un seul homme, c'était lui.

— Je vais aller me coucher, dit-elle d'une voix éraillée. Il est tard et la journée a été longue.

— Quel est ton programme de demain ?

— Jouer avec tes enfants, les tenir occupés pour qu'ils ne se languissent pas trop de leur papa.

Marcu haussa les sourcils.

— Que veux-tu dire ?

— Te sachant au château, ils seraient fous de joie si tu prenais le temps de partager leurs jeux. Tu as deux garçons qui adoreraient t'embaucher pour construire un fort, sortir leurs boîtes de petits soldats ou se battre à l'épée.

Notant l'expression perplexe de Marcu, elle crut bon de préciser :

— Evidemment pas avec de véritables épées, mais avec des

cuillères en bois ou des manches à balai. Mieux, tu pourrais les fabriquer avec eux. Matteo et Antonio seraient aux anges.

— Et Rocca ? Comment je l'amuse ?

— Propose-lui de jouer à la dînette.

— Pardon ?

— Ou un duel à l'épée aussi. Beaucoup de filles aiment ce genre de jeu.

— As-tu vu une seule fois mes sœurs courir partout, l'épée à la main ?

— Ça n'interdit pas à Rocca de le faire. À moins que tu n'aies des idées bien arrêtées sur les jeux réservés exclusivement aux filles ou aux garçons. On appelle ça du sexisme, un concept rétrograde et machiste qui persiste, il est vrai, dans certains milieux.

— Encore une de tes tentatives pour me provoquer ?

— Non. J'essaie juste de faire ce pour quoi tu m'as amenée ici – m'assurer que tes enfants sont bien ta priorité.

Monet se leva en lui décochant un petit sourire insolent.

— Bonne nuit, Marcu.

Elle sentit la brûlure de son regard sur sa nuque tandis qu'elle s'avançait vers la porte, mais il resta silencieux.

— Quand ma voiture a quitté la route, je venais de rompre avec Vittoria. Je faisais demi-tour pour rentrer te retrouver…, dit-il au moment où elle posa la main sur la poignée.

— Non, tu ne rentrais pas me retrouver, répliqua-t-elle, ignorant son cœur qui battait violemment.

— Si. J'ai rompu avec Vittoria à cause de toi.

Monet pivota sur elle-même.

— Ne dis pas ça.

— C'est pourtant la vérité, dit-il en l'observant, les bras croisés J'avais promis de ne pas te toucher tant que je fréquenterais une autre femme. À présent, je suis libre…

— Tu as dû recevoir un sacré choc sur la tête. Tu devrais t'allonger.

— Monet, je sais que tu ressens la même chose que moi, et ça me tue de ne pas pouvoir t'embrasser…

— On ferait mieux d'appeler un médecin. Il faut te soigner.

Marcu leva les yeux au ciel.

— Arrête de faire l'autruche. Tu sais très bien qu'il y a toujours eu cette attirance entre nous. Aujourd'hui, l'accident m'a ouvert les yeux sur l'avenir. Pourquoi vivre avec une femme que je connais à peine et qui ne m'attire pas quand je pourrais vivre avec toi ?

— Non ! s'écria Monet en levant les mains pour le faire taire. Nous ne vivrons pas ensemble, Marcu. Nous n'avons pas de relation, et il n'y en aura jamais.

Il s'avança vers elle.

— Nous en avions une autrefois. Simplement, nous l'avons ignorée.

Monet s'écarta prudemment sur le côté, interposant un fauteuil entre eux.

— Quelle relation ? Il y a huit ans, je n'étais qu'une gamine qui ne connaissait rien de la vie. Oui, je t'idolâtrais. J'étais même follement amoureuse. Mais ça ne suffit pas pour imaginer vivre une relation adulte maintenant.

— Pourquoi pas ?

— Parce que l'adoration à sens unique, c'est pathétique.

— Je n'aurais pas rompu avec Vittoria si je n'éprouvais rien pour toi.

— Tu n'éprouves rien pour moi !

— Alors, pourquoi mon père avait-il peur de toi ? Pourquoi s'inquiétait-il tant de ton pouvoir sur son héritier ?

Monet s'appuya dans le fauteuil, les doigts crispés sur le cuir.

— Tu délires. Tu devrais t'asseoir et te reposer. Franchement, tu m'inquiètes.

— Monet, j'ai la migraine, mais je n'ai pas perdu l'esprit.

— Tu n'as plus toute ta tête pour prétendre que ton père avait peur de moi.

— Il connaissait mes sentiments à ton égard. Quand tu es

partie, j'étais tellement mal que j'avais réservé le soir même un vol pour Londres pour t'y rejoindre. Naturellement, il a trouvé le moyen de m'en dissuader.

— Il a bien fait. Galeta était l'épouse qu'il te fallait.

— Non. Je n'aurais pas dû me laisser influencer. J'ai agi comme un lâche et je ne me le suis jamais pardonné.

Monet haussa les épaules.

— Tu dis ça comme si, en venant à Londres, tu aurais pu changer le cours des choses.

Marcu chercha son regard.

— Tu ne crois pas ça aurait été différent si j'étais venu te dire combien je tenais à toi ? Tu ne crois pas que nous aurions pu avoir une vraie relation ?

— Non. Tu n'as jamais rien envisagé de sérieux avec moi. Simplement, tu m'avais sous la main, c'était pratique. Ensuite, quand ça s'est compliqué, je suis devenue un problème dont tu t'es rapidement débarrassé en me mettant dans le premier vol pour Londres.

Comme il ouvrait la bouche pour protester, elle prit un coussin dans le fauteuil et le lui lança à la tête. Surpris par l'attaque, il la laissa poursuivre.

— Je ne te juge pas, Marcu. Je clarifie les choses. Nous n'étions pas faits l'un pour l'autre. Toi et moi ne partageons pas la même vision de la vie parce que tu es le fils aîné de Matteo Uberto, son héritier. Du sang royal coule dans tes veines.

— Ça n'a rien à voir avec nous.

— Bien sûr que si. L'ascendance est importante pour ta famille. Celle de Galeta convenait mieux à ton père que celle d'une fille comme moi, issue d'une lignée familiale dont moi-même je ne peux me vanter. La preuve, j'ai passé ces huit dernières années à me forger une identité loin de l'ombre de ma mère.

— Ta mère n'était pas seulement une très belle femme, c'était quelqu'un de bien.

— En état d'insécurité permanente, qui avait un besoin

désespéré d'être aimée – pas par moi mais par les autres. Ton avis comptait pour elle bien plus que le mien. Elle avait davantage besoin de l'affection de tes frères et sœurs que de la mienne simplement parce que j'étais sa fille et que mon amour lui était acquis, alors que, celui de ta famille, elle devait le conquérir jour après jour.

Elle eut un soupir las avant d'ajouter :

— À quoi bon ressasser le passé ? J'en ai assez. Tout ce qui m'intéresse, c'est le présent. J'adore vivre à Londres, j'ai un métier qui me plaît et une vie bien remplie. Je ne regarde jamais en arrière et je ne me sens plus considérée comme quantité négligeable.

— Ma famille ne t'a jamais considérée ainsi, ni traitée comme telle, protesta Marcu.

Tout en retenant ses larmes, Monet força un sourire ironique sur ses lèvres.

— Bien sûr que si. Pour citer ton père, je suis celle avec qui on couche, mais pas celle qu'on épouse. Bonne nuit, Marcu, conclut-elle en sortant.

Il la rattrapa dans l'escalier.

— Attends !

— Ce n'est pas le moment, Marcu. Il est tard et tu as eu une journée stressante.

— En effet. J'ai cru que j'allais y laisser ma peau, mais ce fut un électrochoc salutaire. La vie est courte, il n'y a pas de temps à perdre.

— Contente pour toi que tu aies eu cette révélation. Cependant, ça ne change rien entre nous.

— C'est toi que je veux, pas Vittoria.

Monet eut un petit rire incrédule.

— Je ne suis pas une solution de remplacement, Marcu. C'est hors de question.

— Ce baiser que nous avons échangé…

— Était une erreur.

— Mais c'est arrivé et cela m'a fait réfléchir.

Marcu grimpa d'une marche, se rapprochant d'elle.

— Je m'étais juré de ne plus jamais me laisser guider par les sentiments, mais ça ne marche pas. Ni pour moi ni pour personne.

Il monta encore une marche, se retrouvant à sa hauteur.

— Mes enfants ne savent même pas à quel point je les aime, alors qu'ils comptent tant pour moi.

Il tendit la main vers le visage de Monet pour repousser délicatement une boucle brune de son front. Son doigt léger comme une plume descendit le long de sa tempe, lui caressa la joue, glissa sur ses lèvres…

— Et toi… Toi, tu crois que je t'ai utilisée pour mon seul plaisir parce que je t'avais sous la main et que c'était pratique, mais c'est faux.

— S'il te plaît, Marcu, ne me prends pas pour une idiote. Tu as épousé Galeta à peine quelques mois après mon départ. Forcément, elle était déjà dans le paysage quand ton père m'a surprise dans ton lit.

— Nous étions quelquefois sortis ensemble, mais rien de sérieux.

— Tout comme tu considérais que ce n'était pas sérieux avec moi.

— Allons, Monet, je ne t'ai jamais caché que j'avais une vie sociale bien remplie.

Elle détourna la tête, crispée.

— Ressasser le passé ne sert à rien.

— Ce que je veux dire, c'est que j'ai toujours été honnête avec toi, insista Marcu. En ce moment, je suis honnête quand je te dis que ce baiser a réveillé quelque chose…

— Non.

— C'est la vérité, Monet.

De nouveau, ses doigts glissèrent sur sa joue jusqu'à son menton qu'il attrapa entre le pouce et l'index pour l'obliger à lui faire face.

— Il y a des années que je n'avais plus rien ressenti. J'étais comme anesthésié. Et puis, tu es réapparue dans ma vie…

— Parce que tu m'y as traînée de force !

Il esquissa un petit sourire.

— J'avoue. Mais si j'ai insisté avec cette histoire de dette, c'est parce que j'avais vraiment besoin de toi.

— Pour tes enfants, dit-elle en grimpant sur la marche supérieure.

— Pas pour eux. Pour moi, mais je ne voulais pas le reconnaître.

— Facile à dire maintenant que je suis ici, prise en otage.

— Je ne t'ai pas kidnappée. Tu es libre de partir quand tu veux.

Monet le dévisagea en haussant les sourcils – deux ailes sombres surmontant ses yeux d'ambre.

— Si je demande à rentrer chez moi, tu m'y autorises ?

— Oui.

Elle le défia du regard.

— Et si je veux partir demain, tu es d'accord ?

Marcu sentit son cœur se serrer. Il s'était battu pour rentrer au château, il s'était battu pour retrouver Monet. Et maintenant, elle voulait le quitter.

— Oui. Mais tu vas devoir attendre que la tempête soit passée et ce ne sera pas avant deux ou trois jours.

— Très bien, je rentrerai à Londres dès que possible.

Elle le regarda droit dans les yeux, l'air pensif, puis hocha la tête.

— Merci, Marcu.

Elle se pencha pour effleurer ses lèvres d'un baiser.

— Je ne te déteste pas, murmura-t-elle. Mais je ne peux pas rester. On se fait du mal.

Soudain, le désir explosa entre eux, le léger baiser déclenchant l'incendie. Un incendie trop puissant pour pouvoir être maîtrisé.

Marcu attira Monet à lui et l'emprisonna entre ses bras

pour l'embrasser avec fougue, pressant ses lèvres contre les siennes, les forçant à s'entrouvrir, et son gémissement ne fit qu'attiser son excitation. Elle avait goût de vanille... Dieu qu'elle lui avait manqué ! Dieu comme il la désirait ! Jamais baiser ne lui avait paru plus naturel.

Monet s'offrait au baiser avec passion et, quand elle noua les bras autour de son cou, Marcu frissonna de plaisir au contact de ses doigts sur sa nuque.

— Pas ici. Dans ta chambre, murmura-t-elle contre ses lèvres.

Sans cesser de l'embrasser, il la souleva et la porta jusqu'à son lit. Monet était aussi légère qu'une plume dans ses bras, son corps doux et chaud contre le sien, mais il s'exhorta au calme. Ce n'était qu'un baiser. Un baiser dont il pourrait se satisfaire parce que, tout ce qu'il voulait, c'était la rendre heureuse.

Monet avait l'impression d'avoir attendu ce moment toute sa vie. Quand Marcu la déshabilla, elle eut beau chercher en elle un signe avant-coureur d'angoisse, de révolte qui viendrait des noires profondeurs de son cerveau, elle ne découvrit rien qu'une bouffée de chaleur purement sensuelle, une émotion si vive, si forte que la tête lui tournait.

Il n'y avait rien d'autre que lui. Elle n'aspirait qu'à s'abandonner au plaisir d'être avec l'homme qu'elle aimait. La vie n'avait pas été tendre avec elle mais, ce soir, elle avait droit à ce moment. Un moment qui resterait à jamais gravé dans sa tête et dans son cœur.

Marcu se déshabilla à son tour et resta un moment à contempler Monet dans sa nudité, sa peau douce et crémeuse, le galbe de ses seins petits et fermes, ses jambes fuselées. Puis il posa un baiser sur sa bouche, un autre dans ce creux délicat derrière l'oreille où semblait aboutir une myriade de terminaisons nerveuses. Il fit voyager ses lèvres le long de la cambrure délicate de son cou, effleura sa clavicule de la langue.

Monet respirait de plus en plus vite. La bouche de Marcu sur sa peau la mettait en feu, et la passion qu'il éveillait en elle la faisait trembler de la tête aux pieds.

Il prenait son temps, explorant ses courbes, s'enivrant de son parfum, goûtant les battements de son cœur qu'il pouvait percevoir au bout de la langue. Quand il prit la pointe d'un sein entre ses dents, Monet hoqueta de plaisir, luttant pour reprendre son souffle, pour contenir les sensations débridées qui se déchaînaient dans son corps, la pulsation lancinante au fond de son ventre, pareille à une brûlure à la fois intense et diffuse.

Impitoyable, Marcu poursuivait son exploration, s'aventurant plus bas pour semer une pluie de baisers sur son nombril, ses hanches, tandis que sa main descendait entre ses cuisses.

Monet ferma les yeux, pantelante, quand il lui écarta les jambes, dévoilant son intimité la plus secrète. C'était à la fois terrifiant et excitant parce qu'il la transportait dans un monde inconnu. Et puis, surtout, parce que c'était lui, Marcu, qui la faisait vibrer ainsi. Elle ne ressentait ni crainte ni hésitation. Et elle ne résista pas quand il lui écarta encore davantage les jambes pour embrasser le cœur de son plaisir, le lécher doucement, tout en enfonçant ses doigts en elle pour la caresser *là*, accentuant la pression, plus profond, plus fort.

Affolée de plaisir, elle s'agrippa à ses épaules. Elle ne pouvait plus respirer. Excitée et terrifiée, elle arqua son corps à la rencontre de la jouissance, ces vagues profondes et violentes qui la secouaient. Et, soudain, il lui sembla qu'elle volait en éclats, que son âme et son corps se dissolvaient.

La tempête s'apaisa, la laissant alanguie, à bout de souffle, le corps encore brûlant de désir. Il lui fallut un moment pour revenir sur terre.

— C'était incroyable, murmura-t-elle. Mais je veux te sentir en moi.

— Nous ne sommes pas obligés.

— C'est que je désire depuis que j'ai dix-huit ans. Je t'en

prie, Marcu, dit-elle dans un souffle en tendant la main pour saisir son sexe raidi, appréciant timidement d'abord, puis d'une main plus audacieuse, cette sensation de douceur et de dureté mêlées.

Il prit un préservatif sur la table de chevet et l'enfila avant de s'agenouiller entre ses jambes et de se pencher sur elle, une main de chaque côté de sa tête pour l'embrasser tout en pressant son sexe à l'entrée du sien.

Elle faillit lui dire d'aller doucement, mais elle ravala les mots parce qu'elle ne voulait pas que sa virginité vienne troubler ce moment qui n'était que pour eux.

Marcu la pénétrait à présent. Une pression inexorable qui la remplissait. Elle se força à respirer, à se détendre, à ne pas résister à l'intrusion de son corps en elle. Une intrusion qui lui donnait l'impression d'être trop étroite pour lui. Mais, alors qu'elle croyait ne pas pouvoir la supporter plus longtemps, la douleur reflua, cédant la place à une étrange sensation de plénitude tandis que Marcu plongeait en elle plus profondément, puis se retirait, caressant de son ventre dur la douceur du sien. D'instinct, elle s'arc-bouta contre lui, partageant sa fièvre.

Il l'embrassait de la même façon qu'il lui faisait l'amour avec son corps – profondément, avec avidité, avec autorité – et elle adorait cela. Chacun de ses coups de reins la propulsait vers un nouveau palier de plaisir. Sa respiration haletante faisait écho aux furieux battements de son propre cœur. Une ardeur violente et folle les emportait tous les deux, confondus dans un même tourbillon de passion. Et quand Monet bascula de nouveau dans la jouissance, cette fois, Marcu était là, avec elle. Et ce fut un bonheur indicible.

Peu importait ce qui arriverait ensuite, elle était heureuse d'avoir eu cet instant d'éternité dans ses bras.

Elle se réveilla à l'aube et reprit aussitôt ses esprits en sentant la chaleur du corps endormi contre le sien.

Elle était dans la chambre de Marcu. Dans son lit. Ils avaient fait l'amour. Elle avait eu deux orgasmes et n'aurait plus jamais à s'inquiéter de son inexpérience.

Prudemment, elle tourna la tête vers Marcu qui dormait à poings fermés, ses lèvres sensuelles légèrement entrouvertes. Elle le contempla un instant avant de se glisser hors du lit pour aller à la salle de bains. Quand elle revint, il avait ouvert les yeux et regardait d'un air bizarre le drap à côté de lui.

— Je t'ai fait mal ? demanda-t-il en désignant une tache rouge.

— Non, murmura Monet, gênée.

— Pourtant… Tu as saigné.

— Je vais chercher de quoi nettoyer.

— Je ne m'inquiète pas pour la tache mais pour toi. Je ne pensais pas avoir été si brutal.

Elle hésita, ne sachant comment lui dire.

— Tu n'as pas été brutal, dit-elle d'une petite voix. En fait, j'étais vierge.

— Quoi ?

Ignorant l'exclamation choquée de Marcu, elle reprit :

— Il faut bien un début à tout. Ce n'est pas un drame.

— Tu aurais dû me prévenir !

— Pourquoi ? Qu'est-ce que ça aurait changé ?

— J'aurais fait plus attention.

Monet sourit.

— Tu as été merveilleux. Franchement, je n'ai pas à me plaindre.

Nullement gêné par sa nudité, Marcu sortit du lit et la regarda, l'air stupéfait.

— Je n'ai pas imaginé une seconde que tu puisses être…

— Encore vierge ? Est-ce donc si important ?

— Non. Mais j'ai cru… Depuis le temps, je pensais que tu avais plus d'expérience.

— Eh bien, non. Je sors peu. Les rendez-vous galants

ne m'intéressent pas. Et je ne regrette pas d'avoir perdu ma virginité avec toi. Ça me semble même légitime.

Marcu se couvrit le visage de ses mains.

— *Mio Dio.*

Monet le dévisagea, surprise par sa réaction. Pour une fois, sa maîtrise légendaire semblait l'avoir lâché.

— Franchement, je ne vois pas où est le problème. Qu'est-ce que ça peut faire si j'étais vierge ? Je voulais coucher avec toi et je suis contente de l'avoir fait. Pour une première fois, c'était fantastique. Tu as mis la barre très haut pour les prochains concurrents.

Marcu laissa retomber ses mains et la regarda fixement.

— Que veux-tu dire ?

— Tout simplement que je n'osais pas sortir avec des hommes à cause de… de mon inexpérience. Maintenant que je l'ai fait, ce sera plus facile pour moi d'accepter des dîners en tête à tête, voire plus si affinités.

— C'est absurde ! s'exclama Marcu en allant chercher son peignoir dans la salle de bains.

— Absurde pour toi, mais pas pour moi. Il est temps que je tourne la page et que je laisse leur chance à d'autres…

— Non !

Monet haussa les sourcils et s'assit sur le lit en ramenant les couvertures sur son torse.

— Je fais ce que je veux.

— Et moi, je ne veux pas que tu ailles dans le lit d'un autre, marmonna-t-il en serrant la ceinture de son peignoir d'un geste rageur. Je veux que tu restes ici avec moi et les enfants.

— Impossible.

— Pourquoi pas ?

— Parce que ma place n'est pas ici. Je ne fais pas partie de ta famille, et je ne tiens pas à être la dévouée nounou de tes enfants pour le restant de mes jours. Je ne suis pas intéressée par le poste. Trouve-toi quelqu'un d'autre.

— J'emploie toujours Mlle Sheldon. Tu n'es pas censée la remplacer. Épouse-moi.

Là, c'était carrément cruel. À moins que ce ne fût sa façon à lui d'être drôle. Avec un soupir, Monet repoussa les couvertures et ramassa ses vêtements.

— Je n'ai pas envie d'écouter ces bêtises. Je retourne dans ma chambre.

Marcu l'en empêcha en emprisonnant ses mains dans les siennes.

— Je suis sérieux. Épouse-moi, reste avec nous. Nous avons besoin de toi.

Ses paroles déclenchaient chez Monet des émotions contradictoires. « Épouse-moi, reste avec nous » lui faisaient battre le cœur plus fort. Mais le « nous avons besoin de toi » ravivait sa méfiance. Elle s'arracha à ses mains.

— Tu ne sais pas ce que tu dis. Je vais faire comme si je n'avais rien entendu. Maintenant, laisse-moi m'habiller pour que je puisse sortir discrètement de ta chambre.

Mais Marcu l'attira contre lui et l'embrassa. Un baiser dur, un baiser de représailles, un baiser ravageur. Sa main sur son dos nu glissa le long de sa colonne vertébrale, envoyant une décharge de plaisir qui la secoua tout entière. De l'autre main, il attrapa ses cheveux sur sa nuque et lui renversa la tête en arrière pour approfondir son baiser et lui ôter toute pensée cohérente. Monet n'aspirait plus qu'à le sentir en elle à nouveau, à ne faire plus qu'un avec lui…

Tout à coup, une image lui traversa l'esprit. Elle n'était qu'une petite fille quand elle avait accidentellement surpris sa mère au lit avec un vieil homme corpulent. Choquée et gênée, elle n'avait pas compris qui était cet inconnu et ce qu'il faisait dans le lit de sa mère. Elle ne comprenait pas pourquoi sa mère passait plus de temps avec des types bizarres qu'avec elle.

Elle s'arracha aux lèvres de Marcu, tout désir évanoui.

Il la laissa reculer et, tandis qu'elle luttait pour reprendre son souffle et son calme, il fixait sur elle son regard bleu insondable.

Monet sentit les larmes brûler ses yeux.

— Ta demande en mariage est consternante.

— Parce que je ne la fais pas avec une bague et un genou à terre ? Je n'avais pas prévu tout ce tralala pour Vittoria.

— Je me fiche de Vittoria. Ce qui compte, c'est moi, et ce que tu m'offres, c'est nul !

— Comment peux-tu dire ça ? Je prendrai soin de toi et tu ne manqueras jamais de rien.

— Sauf d'amour.

Monet battit des paupières, luttant contre les larmes.

— Où est l'amour dans tout ça ? Nulle part… Il y a une incroyable attirance physique entre nous, c'est vrai, et je ne regrette pas que tu aies été mon premier amant.

Elle essuya une larme puis une autre.

— Mais, maintenant que nous avons couché ensemble, la boucle est bouclée et je vais enfin pouvoir passer à autre chose. C'est mieux pour tous les deux.

— Non, ce n'est pas mieux ! Je ne t'ai pas dépucelée pour que tu t'en ailles…

Monet se mit à rire. Elle voyait bien que cela le rendait fou, mais c'était plus fort qu'elle.

— Oh ! Marcu, que croyais-tu ? Que coucher avec toi me ferait renoncer à ma vie ? À mes rêves…

— Comme travailler au rayon d'un grand magasin ?

— C'est mon métier et je l'aime. Ne te moque pas de moi !

Marcu passa les mains dans ses cheveux avec un grognement de pure frustration.

— Je ne me moque pas de toi, j'essaie de comprendre comment tu peux préférer cette vie à celle que je te propose.

— C'est pourtant simple à comprendre. Le mariage n'est pour toi qu'un marché comme un autre. Or, ce n'est pas l'idée que je m'en fais et je n'ai pas besoin d'un homme qui m'entretienne. J'ai besoin de respect et d'indépendance. Je veux tracer mon propre chemin sur cette terre.

— Alors, c'était quoi ce qui s'est passé cette nuit ?

— J'avais envie de coucher avec toi. Je l'ai fait pour…

Elle s'interrompit brusquement pour ne pas prononcer les mots.

Pour avoir ce moment avec toi. Pour qu'il reste à jamais gravé dans mon cœur.

C'était son secret à elle, pas celui de Marcu. C'était le souvenir qu'elle chérirait le reste de sa vie. Il n'avait pas besoin de savoir qu'elle préférait partir maintenant malgré la souffrance, plutôt que de rester et de se voir négligée jour après jour par l'homme qu'elle aimait.

— Termine ta phrase, dit-il d'un ton sec. Je suis tout ouïe. J'essaie de comprendre.

— Il n'y a rien à comprendre. Je rêvais de faire l'amour avec toi, et c'est fait. Maintenant, je suis prête à partir dès que la météo le permettra.

Marcu croisa les bras, mâchoires crispées.

— Ça ne me plaît pas.

— Je m'en doute, mais tout se passera bien, tu verras. Dès que je serai partie, tu pourras retourner vers Vittoria ou jeter ton dévolu sur une autre femme. Avec moi, c'est juste pratique, Marcu. N'oublie jamais ça.

— C'est terrible de dire une chose pareille.

— Mais vrai, répliqua Monet en ramassant le reste de ses vêtements. Entre nous, ce n'est pas compliqué. Toi et moi avions un besoin à satisfaire et nous l'avons fait. Tu vas pouvoir te lancer de nouveau à la recherche de l'épouse idéale qui convient à ton rang.

Comme elle essayait d'enfiler son pantalon, Marcu la souleva dans ses bras et la remit au lit.

— Alors, pourquoi ai-je encore envie de toi ? demanda-t-il en la clouant sous lui.

— Parce que tu désires ce que tu ne peux pas avoir.

— Je peux t'avoir quand je veux, Monet. Si je te dis à quel point j'ai envie de toi en ce moment, à quel point j'ai envie de m'enfoncer en toi, de t'embrasser, de te goûter, je suis certain que tu ne me repousseras pas.

Lui ouvrant les mains, il posa ses paumes à plat sur les siennes.

— Si j'ai tort, dis-le-moi tout de suite et je te laisserai partir. Parce que, même si je te désire comme un fou, je veux que ce soit réciproque. Je veux t'entendre dire que toi aussi tu as envie de moi.

Elle ferma les yeux et tenta de résister. Mais la pulsion électrisante entre eux était si forte que la simple pression de ses mains contre les siennes suffisait à affoler son corps.

Était-ce mal d'aimer se sentir épinglée sous lui ainsi, sans défense ? Était-ce mal d'être aussi excitée ?

Elle ouvrit les paupières et se vit dans le regard bleu penché sur elle.

— Oui, murmura-t-elle. J'ai envie de toi.

— Alors, reste ici, *la mia bella ragazza.*

Il l'embrassa, et Monet lui offrit le reste de son cœur parce qu'elle ne voulait l'offrir à personne d'autre. Parce qu'elle n'avait jamais désiré aucun autre homme. Mais elle ne le lui dirait pas. Il ne devait pas savoir à quel point elle l'aimait.

Jamais, elle ne lui donnerait ce pouvoir sur elle.

9.

Quelques heures plus tard, Monet fut réveillée par la plus délicieuse des caresses – la main de Marcu glissant sur sa taille pour remonter le long de ses côtes et lui effleurer les seins. Ses mamelons se raidirent, mais elle garda les yeux fermés pour se concentrer entièrement sur les sensations incroyables qu'il déclenchait dans son corps alangui.

Il était cependant difficile de feindre le sommeil quand la crispation entre ses cuisses se faisait de plus en plus lancinante sous le jeu des doigts habiles de son amant sur ses seins et la pression de son érection dans son dos. Elle mourait d'envie de se retourner et de se donner à lui.

— Je sais que tu ne dors pas, murmura-t-il dans son cou.

Elle sourit dans son oreiller.

— Hum… ?

— Comédienne, dit-il en laissant glisser sa main plus bas sur son ventre, entre ses cuisses.

Elle poussa un petit cri quand ses doigts s'aventurèrent en elle avec hardiesse. N'y tenant plus, elle roula sur le dos pour lui offrir sa bouche et se perdre dans un baiser brûlant.

Sans cesser de l'embrasser, Marcu s'allongea sur elle et Monet gémit de plaisir quand il la pénétra avec une douceur infinie, profondément. Puis il se mit à aller et venir en elle, d'abord lentement, sans rien précipiter, pour que leurs corps trouvent le rythme de la danse. Et, comme la première fois, Monet sentit venir ces vagues de plaisir d'une essence particulière qui déferlaient maintenant en elle. Ce n'était pas seulement du sexe, c'était bien plus que du désir. C'était la sensation de se fondre en lui. La joie de pouvoir lui exprimer son amour avec son corps à défaut des mots. Et, quand la fin survint, ce fut une explosion qui balaya tout le spectre des émotions d'un extrême à l'autre. Extase et souffrance. Parce que plus le plaisir était grand, plus la séparation serait douloureuse.

Un moment plus tard, blottie contre Marcu, la tête posée sur son torse, Monet savourait ces derniers instants de béatitude avant le cruel retour à la réalité.

Le quitter serait brutal.

L'oublier serait impossible.

— C'est pour toi que je suis revenu, dit-il calmement en jouant avec ses boucles brunes qu'il laissait glisser entre ses doigts. Uniquement pour toi, Monet.

— S'il te plaît, ne remets pas ça sur le tapis maintenant, murmura-t-elle, la gorge soudain serrée.

— Pourquoi pas ? Je suis sincère. Tu es ici parce que j'ai besoin de t'avoir près de moi. J'en ai pris conscience en quittant le château, hier matin. Dès que j'ai commencé à m'éloigner, je me suis senti mal. Je n'avais pas envie de te laisser, je n'avais pas envie de passer Noël loin de toi et des enfants. Je voulais être ici.

Elle se redressa pour le dévisager.

— Tu confonds le désir avec l'amour. Le désir ne suffit pas pour se marier, ni pour apporter une stabilité familiale à de jeunes enfants.

Marcu la regarda un instant, l'air pensif, puis il demanda d'une voix douce :

— Tu as peur de t'engager ?

Les joues de Monet s'enflammèrent, et son pouls s'accéléra.

— Pas du tout !

— Dans ce cas, pourquoi refuses-tu d'en parler ?

— Parce que ce n'est pas pour ça que j'ai couché avec toi !

Elle quitta le lit et s'enveloppa dans le plaid jeté sur une chaise près de la cheminée.

— J'ai couché avec toi parce que je te trouve séduisant et que j'étais curieuse de savoir ce que ce serait de faire l'amour avec toi. Alors, oui, ce fut merveilleux, mais je ne vois pas l'intérêt de poursuivre.

— Pourquoi ?

— Je suis venue ici pour m'occuper de tes enfants, pas pour devenir ta maîtresse. J'ai beau être la fille de ma mère, je ne m'abaisserai pas à suivre la même voie qu'elle.

— Nos parents s'aimaient.

Monet laissa échapper un rire étranglé en resserrant le plaid autour de ses épaules nues.

— Ce n'est pas le terme que j'aurais employé pour décrire leur relation. Ton père avait tous les pouvoirs, ma mère aucun. Je dirais plutôt qu'elle lui était soumise.

— Tu te trompes. Il l'a demandée en mariage à deux reprises. À chaque fois, elle a refusé.

Monet l'avait entendu dire, mais n'en avait jamais cru un mot.

— Du coup, il l'a remplacée – sans doute par une plus jeune – quand elle a eu quarante ans, dit-elle, ironique.

Marcu se redressa sur le lit, et le drap glissa sur ses hanches, dévoilant son torse harmonieusement musclé.

— C'est Candie qui a quitté mon père, pas l'inverse. Se sachant gravement malade, elle est partie et ne lui a plus donné de nouvelles parce qu'elle ne voulait pas qu'il la voie ainsi.

— C'est faux !

— C'est la vérité, Monet. Mon père adorait ta mère, et il ne l'a jamais remplacée. Après sa mort, il n'y a pas eu d'autre femme dans sa vie.

Surprise, Monet se raidit avant de se détourner.

Marcu disait-il la vérité ? Ne déformait-il pas les faits pour les rendre moins odieux ?

Troublée, elle s'avança vers la fenêtre. Les premières lueurs de l'aube dévoilaient la neige qui continuait de tomber à gros flocons.

— Peu importe. Tu m'as amenée ici pour pouvoir partir au ski avec Vittoria et lui faire ta demande en mariage pendant que je m'occuperais des enfants. Notre accord reste inchangé.

Elle se retourna pour regarder Marcu qui la dévisagea fixement.

— On fait quoi maintenant ?

— Tu fais comme d'habitude. Moi, je vais me doucher et me préparer pour m'occuper des enfants.

— J'aimerais passer la journée avec eux.

Une fois de plus, il la prenait au dépourvu. Quelque peu déstabilisée, elle approuva d'un bref signe de tête.

— Très bien. Ils seront ravis.

— J'aimerais que tu sois là aussi… Que nous passions la journée tous ensemble.

— Ils ont besoin d'être seuls avec toi.

Marcu ouvrit la bouche puis la referma. Il hocha la tête.

— D'accord. Tu as quartier libre. C'est ton jour de congé.

Monet ne vit pas le matin passer, mais le début d'après-midi la trouva désœuvrée et l'esprit tourmenté. Elle ne cessait de penser à la nuit passée dans les bras de Marcu.

Sa seule certitude, c'était ce qu'elle ressentait quand son corps se pressait contre le sien. Elle adorait sa chaleur et sa force, son odeur et la façon dont le simple contact de ses doigts la faisait vibrer. Dans ses bras, elle se sentait vivante. Par moments, elle se sentait prête à prendre tous les risques pour rester avec lui et revivre de tels instants. Mais la voix de la raison la rappelait vite à l'ordre, la traitant d'idiote sentimentale. Elle était amoureuse de Marcu, mais lui ne l'était pas. Il n'éprouvait qu'un désir purement physique, et quand celui-ci finirait par s'émousser – c'était inéluctable, il suffisait de voir la vie sentimentale de sa mère – que lui resterait-il ? Rien.

Après le petit déjeuner, Marcu profita d'une accalmie pour sortir avec les enfants faire de la luge ainsi qu'une bataille de boules de neige très disputée – Matteo et Antonio contre Rocca et Marcu. Après quoi, ils prirent des bains chauds et enfilèrent des vêtements secs avant de déjeuner puis de se rendre dans le salon de musique. Seul Matteo avait commencé à prendre des cours de piano, mais les plus jeunes voulurent aussi essayer.

Patiemment, Marcu s'assit avec Antonio sur les genoux et l'écouta taper sur les touches un moment jusqu'à ce qu'il décide de jouer lui-même quelques notes de la main droite. Ses enfants eurent l'air si surpris qu'il fut bien forcé d'admettre que Monet avait raison. Ses propres enfants ne le connaissaient pas vraiment.

Il leur sourit.

— Quand j'étais jeune, je voulais être pianiste, mais votre grand-père disait que ça ne paierait pas les factures. Alors, j'ai abandonné les cours de musique lorsque je suis entré à l'université.

— Joue quelque chose, papa ! demanda Antonio.

Marcu n'avait plus touché un piano depuis la mort de Galeta, mais, spontanément, ses doigts se souvinrent des notes d'un très vieux chant de Noël italien.

Quand il eut plaqué le dernier accord, il se tourna vers ses enfants.

— Ça vous plaît ?

— Tellement beau ! s'exclama Rocca en applaudissant.

— Je ne savais pas que tu connaissais des chants de Noël, dit Matteo.

— J'avais oublié celui-ci.

Marcu songea de nouveau à Monet. Elle lui ouvrait les yeux, et ce qu'il voyait l'attristait. En voulant bien faire, il avait fini par s'éloigner de ses enfants.

— Tu veux bien jouer un autre air ? demanda Rocca.

Il réfléchit en faisant glisser Antonio de ses genoux sur le banc à côté de lui et se mit à jouer une aria de Puccini.

Monet adorait Puccini. Elle s'était découvert une passion pour l'opéra, et Marcu lui avait acheté tous les grands airs.

Il termina sous les regards émerveillés de ses enfants.

— Maintenant, je crois qu'il est temps de monter vous reposer un peu.

En sortant du salon, Rocca glissa sa menotte dans la sienne.

— Tu nous liras une histoire ? *Signorina* Wilde nous lit *Casse-Noisette*.

— J'aime bien le roi des souris, déclara Antonio.

— Et moi, ma préférée, c'est Clara, ajouta Rocca en sautillant à côté de son père. Elle danse avec ses poupées pendant le bal de Noël. J'aimerais bien que nous en ayons un.

— Un bal de Noël ? répéta Marcu en baissant les yeux sur sa fille. Tu sais ce que c'est ?

— Oui. C'est une grande fête où tout le monde vient bien habillé pour danser. Comme il y a une salle exprès pour ça ici, on pourrait organiser un bal de Noël.

— Qui inviterions-nous ? On ne connaît personne. Toute notre famille vit à Palerme.

— On pourrait inviter les gens du village, répondit Rocca avec le plus grand sérieux. Et aussi tous ceux qui travaillent au château et leurs familles.

— Ce serait une grosse organisation et beaucoup d'argent, dit Marcu davantage pour lui-même que pour sa fille.

— Mais ce serait amusant et tu as beaucoup d'argent, papa. Tout le monde serait content d'être invité à une fête au château, tu ne crois pas ?

— Je ne sais pas. Bonne question.

— Eh bien, moi, je suis sûre que tout le monde serait content. Surtout s'il y a un énorme sapin, des guirlandes, des jouets, des gâteaux et de la musique.

Rocca hésita avant d'ajouter :

— *Signorina* Wilde serait contente, elle aussi. Elle dit qu'elle adore Noël, et qu'à Londres il y a des décorations partout. On pourrait faire la même chose ici pour elle, non ?

Soudain pensif, Marcu s'efforça de dissimuler un sourire amusé.

— Le château ne pourra pas ressembler à Londres, mais nous pourrions peut-être organiser quelque chose dans la salle de bal pour fêter Noël avec le personnel.

— Et tous les gens du village.

— Quelques-uns.

— Et le fermier qui t'a ramené à la maison.

— Et le fermier aussi.

Rocca lui adressa un sourire ravi.

— J'ai hâte de le dire à *signorina* Wilde !

— Si on lui faisait la surprise ? dit Marcu.

Les sourcils froncés, Rocca échangea un regard avec ses frères puis releva les yeux sur son père.

— Il vaut mieux la prévenir. Il faut qu'elle ait une jolie robe elle aussi, pour le bal.

Cette fois, Marcu ne put cacher son amusement.

— Tu as raison mais, pour la robe, je m'en occupe. Et on ne lui en parle pas tant que je ne suis pas sûr que nous puissions organiser ce bal.

— Pourquoi on n'y arriverait pas ?

— Il nous faut l'aide du personnel et j'imagine qu'ils sont déjà très occupés à préparer leur propre réveillon de Noël.

— On n'a qu'à organiser le bal avant.

— Ça ne nous laisse pas assez de temps.

Rocca ne se laissait pas facilement décourager.

— Alors, le jour de Noël ?

Marcu sourit.

— Je vais voir avec le majordome et le chef cuisinier. D'ici là, motus et bouche cousue !

Ce soir-là, Monet se demandait ce que Marcu et ses enfants avaient bien pu se raconter quand il était monté les mettre au lit en restant près d'une heure avec eux.

Elle les avait rejoints pour le dîner, heureuse de voir les enfants si joyeux et détendus avec leur père. Après le dessert, elle s'était aussitôt retirée dans sa chambre pour poursuivre la lecture d'un ouvrage sur la vallée d'Aoste déniché dans la bibliothèque. Mais elle avait beau faire, elle n'arrivait pas à se concentrer sur ce qu'elle lisait. Son regard dérivait sans cesse sur l'horloge posée sur le linteau de la cheminée.

Il y avait maintenant une demi-heure que Marcu avait quitté la nursery. Elle l'avait entendu descendre l'escalier.

Elle hésita encore de longues minutes avant de se faufiler discrètement jusqu'à sa chambre. Prenant une grande inspiration, elle frappa à sa porte, inquiète de sa réaction. Il ne la fit pas attendre, ouvrant la porte en grand, et se reculant pour l'inviter à entrer.

Sans un mot, il referma le battant derrière elle et la souleva dans ses bras pour la porter sur le lit. Là, il la déshabilla lentement, en suivant le chemin de ses mains avec ses lèvres. Monet frémit de plaisir en sentant sa bouche vagabonder le long de sa gorge, sur ses seins, sur son ventre pour aller se poser plus bas sur sa chair la plus intime. Elle gémit et se cambra sous sa langue qui semblait la dévorer tout entière. Puis le sexe de Marcu remplaça sa langue brûlante et il la posséda avec passion, avec fièvre, jusqu'à ce qu'elle atteigne le septième ciel, le corps comblé de bonheur.

Elle s'était endormie, nichée contre lui, mais à présent, elle avait les yeux grands ouverts, toujours blottie dans ses bras. L'aube se levait, et l'anxiété la gagnait. Elle avait beau lutter pour ne pas trop penser, ne pas trop ressentir, les larmes brûlaient ses paupières.

Elle n'aurait pas dû venir le retrouver dans sa chambre. C'était une folie. Mais son désir était si fort qu'il lui ôtait toute pensée rationnelle. Et, maintenant, elle se sentait triste et étrangement vide.

Pressant sa joue contre son torse, elle battit des paupières luttant contre les larmes. Faire l'amour avec Marcu avait réveillé en elle ce sentiment familier de perte imminente qui se répandait en elle comme un poison. Elle n'était qu'une adolescente quand elle était tombée irrémédiablement amoureuse de Marcu. Aujourd'hui encore, elle ne pouvait imaginer aimer un autre homme. Mais ce n'était pas réciproque. Il pourrait prendre soin d'elle et lui donner du plaisir, mais il ne lui donnerait jamais ce qu'elle désirait plus que tout au monde et dont elle avait tant besoin – l'amour. Un amour éternel et sans limite.

— À quoi penses-tu ?

La voix grave de Marcu rompit le silence.

— À rien.

— Je sens pourtant le poids de tes pensées. Dis-moi ce qui te tracasse.

Elle ne pouvait pas lui parler. Elle ne voulait pas rompre la quiétude de cet instant partagé, cette intimité si douce et si particulière entre eux qu'elle savait éphémère.

— Je suis juste fatiguée. On ne dort pas beaucoup tous les deux quand on est dans le même lit.

Avec un petit rire amusé, Marcu lui caressa les cheveux, puis fit courir ses doigts sur la courbe de son dos.

— Alors, ferme les yeux et dors.

Monet finit par s'endormir, toujours nichée contre lui, et Marcu crut qu'il allait en faire autant, mais le sommeil le fuyait. Allongé sur le dos, un bras derrière la tête, il contemplait le plafond, le cœur serré dans un étau. Il avait du mal à respirer et rien ne pouvait soulager la pression sur sa poitrine tandis qu'il se repassait en boucle les paroles de Monet.

Elle lui reprochait de ne jamais parler d'amour et c'était vrai. L'amour… Un concept si compliqué à ses yeux.

Il avait passé ces derniers jours à tenter de comprendre ce que pouvait être le véritable amour. Il aimait ses enfants, mais même cet amour-là était limité, maîtrisé. Pour lui, l'amour était synonyme de devoir, de responsabilité et de loyauté. Il avait épousé Galeta parce que c'était une décision judicieuse, et ils avaient formé un couple solide. De la même façon, il avait envisagé d'épouser Vittoria parce qu'il considérait qu'elle ferait une épouse convenable et une mère pour ses enfants. Mais il n'avait jamais éprouvé de désir pour elle, rien qui ressemblât de près ou de loin à ce qu'il ressentait pour Monet. Elle était la seule femme qu'il ait jamais véritablement désirée. Mais ce désir, cette soif, était-ce de l'amour ? Ou bien, comme le prétendait Monet, juste une extraordinaire attirance physique ?

Il essaya de se rappeler l'homme qu'il avait été, huit ans auparavant. Il était alors tendre et idéaliste, et il désirait déjà Monet comme un fou. Mais ce qu'il éprouvait pour elle allait bien au-delà du simple désir physique. Il voulait la garder près de lui, la protéger. Elle le connaissait mieux que personne. Jamais personne ne lui avait tant parlé, ne l'avait autant écouté. Jamais personne ne lui avait souri comme elle le faisait dès qu'elle le voyait. Elle le faisait penser à un soleil tant elle était lumineuse, rayonnante de chaleur et d'énergie.

Était-ce de l'amour ? Avait-il été amoureux sans le savoir ? C'était quoi son problème avec l'amour ? Pourquoi ne savait-il pas l'exprimer ?

Il se libéra doucement de l'étreinte de Monet et se glissa hors du lit pour enfiler son peignoir et sortir de la chambre pour monter voir ses enfants. Tous les trois dormaient profondément – Rocca à plat ventre, Matteo sur le dos, bras le long du corps, et Antonio roulé en boule. Passant de lit en lit, il remonta les couvertures, caressa les petites têtes chaudes et, chaque fois, l'étau se resserrait d'un cran sur son cœur.

Que lui était-il arrivé depuis la mort de Galeta ? Et avant, pourquoi avait-il accepté ce mariage de raison ? Était-ce uniquement pour plaire à son père ?

Plus âgé que ses frères et sœurs, il se souvenait du jour où leur mère était partie, du vide douloureux qui s'était soudain creusé dans son cœur et combien elle lui avait manqué. Il avait douze ans. Était-ce cette perte qui l'avait rendu si réservé, plus dur, incapable de ressentir – et de donner – de l'amour ?

Il aurait voulu savoir et, tandis qu'il passait de nouveau de lit en lit pour poser un baiser sur le front de ses enfants, il avait l'impression d'avoir la poitrine pleine d'éclats de verre tranchants.

Son cœur débordait d'amour pour ses enfants et il était fou amoureux de Monet. Simplement, il avait du mal à montrer la profondeur de ses sentiments. Mais rien ne l'empêchait d'essayer. Et c'était ce qu'il allait faire. Il avait un plan – pas facile à réaliser… mais il y arriverait.

Monet souleva légèrement les paupières pour voir la lumière dorée du soleil qui inondait la pièce. Il lui fallut quelques secondes pour rassembler ses esprits et réaliser qu'elle était dans le lit de Marcu et qu'il était tard.

Elle se redressa sur un coude.

Assis dans un fauteuil près de la cheminée, en chandail et jean, Marcu lisait.

— Quelle heure est-il ? demanda-t-elle en passant les doigts dans ses boucles brunes pour tenter de les démêler.

— Bientôt 9 heures.

— 9 heures ? Les enfants !

— Elise s'en occupe. Nous allons prendre le petit déjeuner ici.

— Dans ta chambre ?

— Dans mon lit.

Monet rougit.

— Il fait grand jour. Je ne peux pas rester, sinon le personnel saura que nous avons couché ensemble.

— Tu crois vraiment qu'ils ne savent pas que tu as passé les deux dernières nuits dans ma chambre ?

— Oui, répondit Monet, persuadée qu'ils avaient été discrets.

— Je te signale que les couloirs sont équipés de caméras. Pour la sécurité… Et il y a les draps.

Mortifiée, elle ferma les yeux.

— Je n'ose imaginer ce qu'ils doivent dire.

— On s'en fiche.

— Pas moi.

Pour avoir grandi en écoutant les gens chuchoter dans le dos de sa mère, elle ne supportait pas d'être l'objet de commérages et de spéculations.

Marcu se leva et retira son chandail qu'il lui tendit.

— Enfile-le. Le petit déjeuner va bientôt arriver.

Fronçant les sourcils, elle hésita puis s'exécuta.

— Tu le fais souvent… Prendre le petit déjeuner au lit avec tes conquêtes féminines ?

— Non. Aucune n'a jamais passé la nuit ici.

— Et à Palerme ?

— Non plus. Je mène ma vie intime ailleurs.

— Tu veux dire à l'hôtel ? Si je comprends bien, je suis une « première ».

Marcu poussa un soupir.

— Monet, je ne te considère pas comme l'une de mes conquêtes féminines. Avec toi, c'est différent et ce n'est pas « pratique ». Tu es de loin la moins pratique de toutes les femmes que je connais, car tu exiges de moi des choses qu'aucune autre ne m'a jamais demandé et auxquelles j'avais cessé de croire. Tu m'obliges à revoir mon jugement sur tout ce que je considérais comme une vérité absolue.

Elle resta silencieuse le temps d'assimiler ses paroles. Essayait-il de l'amadouer ?

Ils furent interrompus par un coup frappé à la porte et Marcu enfila une chemise pour aller ouvrir. Quand il revint avec un plateau chargé de café et de viennoiseries, Monet se découvrit une faim de loup et fit honneur au petit déjeuner.

— C'était délicieux, dit-elle en s'étirant telle une chatte.

Marcu lui saisit la main pour effleurer de ses lèvres l'intérieur tendre de son poignet.

— Si tu m'épousais, ce serait comme ça tous les week-ends.

— Marcu, s'il te plaît, ne recommence pas.

— Pourquoi ne peut-on pas en discuter sérieusement ?

— Parce que ce n'est pas réaliste et que tu ne veux pas vraiment de moi…

— Au contraire. C'est avec toi que je veux vivre.

— Et tes enfants dans tout ça ?

— Ils t'adorent.

Monet lui retira sa main et la posa contre sa poitrine dans une vaine tentative pour ralentir les battements fous de son cœur.

— Je les adore moi aussi, Marcu, mais notre liaison risquerait de les bouleverser, tout comme elle me bouleverse. Et ils n'ont vraiment pas besoin de ça. Il y a trois jours à peine, tu disais que tu ne voulais pas d'une nouvelle épouse. Ou seulement parce que tu avais besoin de quelqu'un pour s'occuper des enfants.

— Et tu m'as rétorqué que c'était une mauvaise raison pour se marier et que je ferais mieux d'embaucher une nounou.

— Exactement.

— Tu avais raison. Et, je te l'ai déjà dit, je ne te demande pas de rester pour mes enfants, Monet, mais pour moi.

Elle sortit du lit, se sentant piégée, acculée, complètement déboussolée par l'excès de sentiments trop intenses pour pouvoir être contrôlés. Un excès qui la rendait terriblement vulnérable et qui la terrifiait.

— Il faut que je parte, dit-elle dans un souffle.

— Les routes ne sont pas dégagées. Pas avant un ou deux jours.

— Dès que la météo le permettra, j'aimerais rentrer à Londres. Tu as promis…

— Je sais.

— Je te demande de ne rien dire aux enfants. Je ne veux pas qu'ils soient mêlés à tout ceci. Quand je partirai, tu leur diras que j'ai adoré passer ces quelques jours avec eux, mais que je dois rendre sa place à Mlle Sheldon.

Marcu haussa les sourcils.

— C'est donc ça le scénario ?

Monet le fusilla du regard, exaspérée par son ton moqueur.

— Je te rappelle que c'est toi qui m'y as entraînée.

— Exact. Si nous étions au Moyen Âge, tu aurais beau te débattre et hurler, je t'enfermerais ici. Mais, comme ce n'est pas le cas, tu es libre de rentrer à Londres dès que la météo le permettra.

— Parfait, commenta Monet en ramassant ses vêtements. D'ici là, nous ne coucherons plus ensemble... Les enfants ne comprendraient pas s'ils me surprenaient dans ta chambre.

— Comme tu voudras.

— Tu te fiches de moi ?

— Pas du tout. Monet Wilde est une femme intelligente et indépendante qui sait se défendre et se débrouille très bien toute seule. Elle n'a nul besoin d'un homme, conclut Marcu avec une ironie mordante.

Furieuse, Monet se raidit.

— En effet, je n'ai pas besoin d'un cerbère, ni d'un bon parti, ni de quelqu'un qui pense pour moi. Je ne suis pas comme ma mère...

— *Mio Dio !* s'écria Marcu. Ne recommence pas.

— On dirait que tu crois...

— Non ! C'est toi qui crois, ou plutôt qui crains de lui ressembler. Mais tu n'as jamais rien eu de commun avec ta mère. Ce n'est ni une critique ni une louange, mais un fait. Tu es toi et Candie était Candie. Je ne t'ai jamais confondue avec elle ni hier ni aujourd'hui.

Monet se mordit la lèvre inférieure pour l'empêcher de trembler.

— Je pense qu'il vaut mieux s'éviter autant que possible jusqu'à mon départ.

— Très bien, dit Marcu en la regardant droit dans les yeux.

Monet se sentit soudain glacée.

— Je vais aller m'occuper des enfants.

10.

Monet ne vit pas Marcu du reste de la journée, et guère plus le lendemain, veille de Noël, mais elle faisait de son mieux pour occuper les enfants et les amuser. Ce matin-là – jour du réveillon, même si aucune festivité n'était prévue –, la tempête s'était calmée et ils étaient sortis faire des bonshommes de neige.

Après déjeuner, ils s'emmitouflèrent de nouveau pour aller patiner sur l'étang gelé derrière le château.

Elle les aidait à chausser leurs patins à glace quand Marcu les rejoignit avec ses propres patins.

Le cœur de Monet bondit dans sa poitrine, et ce fut avec les doigts tremblants qu'elle s'efforça de resserrer les lacets d'Antonio.

— Laisse, je m'en occupe, dit Marcu en soulevant le pied de son fils.

Elle s'écarta tandis que les enfants assaillaient leur père, ravis qu'il vienne patiner avec eux.

Au bout d'une heure, Marcu déclara qu'il était temps de rentrer se réchauffer au château où un goûter surprise les attendait avec chocolat chaud et petits gâteaux. Là encore, Monet se tint en retrait, le cœur serré. Elle avait certes décidé d'éviter Marcu, mais elle ne cessait de penser à lui. Quand il était là, tout près, et qu'il ne lui adressait pas un mot, ni même un regard, c'était comme si un mur s'élevait entre eux. Un mur de douleur.

— Il est temps d'aller vous changer pour notre dîner de Noël, dit-il aux enfants. On se retrouve ici dans deux heures.

Matteo, Rocca et Antonio échangèrent des sourires ravis tandis que Monet les poussait hors de la pièce.

— Tu peux te joindre à nous, dit Marcu d'un ton détaché. Si nos traditions ne t'ennuient pas, bien entendu.

Elle se retourna vers lui.

— C'est dans ta famille que j'ai vécu mes plus beaux Noëls.

— Tant mieux. Dans ce cas, à tout à l'heure avec les enfants.

Le dîner du réveillon fut tel que dans ses souvenirs – mêmes plats, mêmes parfums, mêmes saveurs – lui rappelant Palerme, les moments heureux et sa mère aussi qu'elle avait aimée malgré leur relation compliquée. Peut-être était-ce ça l'amour… Une relation compliquée.

Après le dessert, ils gagnèrent le salon de musique. Là, Marcu surprit Monet une fois de plus en s'installant au piano avec les enfants autour de lui et, quand il se mit à chanter, Monet battit des paupières, submergée par l'émotion. Ce chant de Noël, il y avait des années qu'elle ne l'avait pas entendu. C'était un vieil air italien envoûtant qui fit déborder son cœur de tendresse. Tout irait bien désormais entre Marcu et ses enfants, elle n'avait plus à s'inquiéter. Quand un peu plus tard, il déclara qu'il montait les mettre au lit, elle hocha la tête avec un sourire, sincèrement heureuse pour eux.

— *Bueno Natale*, murmura-t-elle quand ils se séparèrent à la porte de la nursery.

— *Bueno Natale*, répondirent les enfants en chœur

Marcu lui lança un regard bizarre, mais ne dit rien.

Le cœur lourd, elle regagna sa chambre et resta longtemps étendue sur son lit, luttant contre les larmes, avant que le sommeil ne vienne enfin la délivrer de son tourment.

Le lendemain matin, son petit déjeuner arriva sur un plateau porté par Marcu.

— Bonjour, murmura-t-elle, surprise.

— *Bueno Natale*, dit-il en posant le plateau sur la table de chevet. Il y aura une petite fête au château en fin d'après-midi, et les invités arriveront vers 17 heures. Ce serait bien si tu pouvais aider les enfants à se mettre sur leur trente et un juste avant.

— Bien sûr, répondit Monet, interloquée. Quand as-tu décidé d'organiser cette fête ?

— Pendant le week-end.

— Tu n'en as pas parlé.

— Je n'étais pas certain que la météo le permettrait et je ne voulais pas donner de faux espoirs aux enfants. En fait, c'est une idée de Rocca. Depuis que tu leur as lu *Casse-Noisette*, elle rêve d'être Clara.

Monet sourit, amusée malgré elle.

— Ils adorent cette histoire. Il m'arrive de la leur lire deux à trois fois par jour.

— Je comprends mieux pourquoi ils la connaissent par cœur. En tout cas, ça n'a pas été facile de mettre en scène un conte de Noël russe dans ce château, et en pleine tempête de neige.

Monet ouvrit de grands yeux.

— Tu l'as fait ?

— J'ai essayé. Je ne sais pas si tout le village va venir, mais tout le monde est invité. Naturellement, les membres du personnel du château ont eux aussi été conviés avec leurs familles. Ce devrait être amusant.

Amusant. Marcu venait d'employer le mot « amusant ». La veille, il jouait du piano et chantait. Aujourd'hui, il avait organisé une fête et parlait de s'amuser. Monet n'en croyait pas ses oreilles.

— Les enfants sont au courant ?

— Ils savent que j'ai invité du monde, mais ils n'ont pas encore vu la salle de bal que nous avons décorée pour la rendre plus festive.

Monet le dévisagea, le cœur soudain gonflé par l'émotion.

— Marcu, c'est formidable ! Ils vont être fous de joie. Surtout Rocca.

— Elle t'aime beaucoup, tu sais.

— Moi aussi, je l'adore.

Marcu la dévisagea avant de quitter la chambre, et Monet attendit que la porte se soit refermée derrière lui pour exhaler lentement l'air resté bloqué dans sa gorge.

La journée sembla s'étirer en longueur pour tout le monde. En fin d'après-midi, Monet aida les enfants à revêtir les habits de fête livrés pour eux le matin même, et il ne lui restait plus qu'une petite demi-heure pour trouver dans sa valise quelque chose à se mettre avant l'arrivée des invités. Elle regagna sa chambre au pas de course et se figea sur place, bouche bée, en découvrant la robe suspendue au cadre de lit.

Marcu ne l'avait pas oubliée…

La robe était somptueuse. De style Renaissance italienne, le corsage baleiné et la jupe en soie pourpre étaient brodés de fleurs blanches et de feuillages verts. Des escarpins assortis venaient compléter cette tenue qui coûtait probablement la moitié de son salaire annuel…

Un gloussement dans son dos l'arracha à son état de stupeur.

— Papa l'a choisie pour vous, dit joyeusement Rocca en lissant la soie rouge de sa robe de princesse.

— Elle est magnifique, murmura Monet, le cœur chaviré.

Marcu avait invité les habitants du village qui vinrent tous. Il avait aussi essayé de rendre la salle de bal plus festive, et le résultat était tout simplement époustouflant. Il l'avait transformée en un paysage hivernal féerique avec un gigantesque sapin de Noël couvert de milliers de petites lumières blanches. Des guirlandes de feuillages verts ornaient les murs, et les fenêtres et les tables du buffet croulaient sous les maisons en pain d'épice, les gâteaux et les bonbons. C'était la fête dont avait rêvé Rocca.

Intimidée, Monet oublia bientôt sa réserve, s'amusant de voir les enfants jouer avec ceux du village. De temps à autre, Rocca accourait et levait vers elle sa frimousse ravie en s'exclamant :

— Exactement comme dans *Casse-Noisette* !

Plus d'une fois, Monet eut les larmes aux yeux, parce que la fête était merveilleuse et que tout le monde était heureux. Et puis, surtout, parce que c'était cette vie-là qu'elle souhaitait pour Marcu – animée, chaleureuse, joyeuse, avec des amis, de la musique et des rires.

Ce Noël était une sorte de miracle, et Monet était heureuse d'y assister.

Marcu ne pouvait détacher les yeux de Monet. Elle était d'une beauté renversante dans sa robe de bal, avec sa longue chevelure d'ébène retenue souplement sur sa nuque par un ruban de velours rouge. Il n'avait jamais vu une créature aussi belle et il en était amoureux.

Il l'avait toujours été... Aucune femme ne l'avait jamais aussi profondément bouleversé par ses baisers, ses caresses. Il avait eu de nombreuses femmes dans sa vie, mais aucune n'avait compté pour lui autant que Monet. Aucune ne lui donnait envie d'oublier toute prudence, et la seule fois où il avait perdu la tête, c'était avec elle. Huit ans après, elle exerçait toujours le même pouvoir sur lui. Pourquoi ? Il n'en savait rien. Mais force était de constater que, après toutes ces années, son désir pour Monet ne s'était jamais éteint. Il avait essayé de comprendre, mais il n'y avait aucune réponse rationnelle à ce besoin qu'il avait d'elle. Il n'y avait rien de logique dans ce lien émotionnel entre eux. Un lien si profond qu'il ne savait comment l'exprimer. Un lien si déconcertant qu'il ne trouvait pas les mots pour l'expliquer.

Pourquoi Monet plutôt qu'une autre ? Là non plus, il n'avait pas d'explication, si ce n'est que son sourire apportait de la lumière dans son cœur. Ses yeux – si expressifs – lui dévoilaient des vérités. Il avait besoin de sa sincérité, de sa capacité à lui tenir tête et à le contredire. Elle n'était pas comme tous ces gens qui ne pensaient qu'à l'impressionner et à lui plaire pour obtenir ses faveurs. Elle ne l'avait jamais été.

Les invités étaient partis, les enfants étaient couchés, les employés avaient disparu après avoir soufflé les bougies et éteint les lumières dans toutes les pièces, sauf dans la salle de bal à la demande de Marcu. À présent, il avait Monet pour lui tout seul. Le cœur battant, il se sentait tel un ado à son premier rendez-vous amoureux : timide, nerveux, sans voix.

— C'était merveilleux, dit Monet en lui souriant. Qui aurait cru que le *Signor* Uberto, lui qui ne célèbre pas Noël, organiserait la plus extraordinaire, la plus féerique des fêtes ?

— C'était une idée de Rocca.

— Tu as une petite fille exceptionnelle.

— Je sais, répliqua Marcu avant de prendre une grande bouffée d'oxygène. Toi aussi, tu es exceptionnelle. En quelques jours, tu as réussi à transformer nos vies. D'une certaine façon, tu nous as sauvés.

— N'exagérons pas.

— Je n'exagère pas, dit Marcu d'une voix soudain enrouée par l'émotion. Je te dois tellement, Monet. Pour un tas de choses, mais surtout pour ton amour et ta confiance… Même quand tu m'en veux, tu continues de croire en moi et ça change tout.

Il sortit de sa poche le fin anneau d'or orné d'un rubis qu'il lui avait offert, dix ans plus tôt, pour ses seize ans.

— C'est temporaire jusqu'à ce que je t'offre l'anneau éternel, dit-il en faisant tourner la bague entre ses doigts. Mais j'ai gardé celle-ci pendant toutes ces années. Elle symbolise ma promesse de t'aimer jusqu'à la fin de nos jours.

Il lui prit la main.

— Monet, veux-tu m'épouser ?

Muette de saisissement, elle le regarda glisser la bague à son annulaire. Elle n'avait pas revu cette bague depuis huit ans, depuis le jour où elle l'avait laissée derrière elle en quittant Palerme.

La bouche sèche, elle luttait pour trouver les mots, pour endiguer les émotions chaotiques qui la submergeaient. La surprise d'abord, puis l'angoisse, la panique et le chagrin, parce qu'elle ne pouvait pas lui dire oui. Elle ne pouvait pas…

— Marcu, je t'en prie, murmura-t-elle. Tu ne m'aimes pas vraiment.

— Bien sûr que si.

Elle secoua la tête tout en bataillant de ses doigts tremblants pour retirer la bague.

— C'est absurde. Tu ne me connais pas.

— Je sais tout ce qu'il y a à savoir de toi. Tu es brillante, attentionnée, et d'une loyauté sans faille. Sinon, tu ne serais pas là.

Il lui prit le menton pour l'obliger à relever la tête et la regarda gravement.

— Tu es aussi farouchement indépendante. Je le comprends et je le respecte. Tout ce que je souhaite, c'est ton bonheur.

— Tu penses pouvoir me l'apporter ? répliqua-t-elle d'une voix étranglée en essayant désespérément d'ôter l'anneau qui semblait déjà coincé à son doigt.

— Je le crois, oui. Je ne suis pas parfait mais, à tes côtés, je peux devenir l'homme que tu mérites.

— Arrête, Marcu. S'il te plaît, arrête !

Renonçant à ôter le bijou, elle essuya une larme qui roulait sur sa joue.

— Dès que je partirai, tu m'oublieras et tu passeras à autre chose. C'est ce que tu as toujours fait…

— Parce que j'ai épousé Galeta ?

— Oui ! Tu l'as épousée quelques mois après que je suis

partie. Tu n'as pas essayé de me retrouver, ni de me contacter. Tu m'as juste larguée à l'aéroport !

— Je l'ai épousée parce que je l'avais mise enceinte et que c'était une fille bien, une amie d'enfance. Elle venait d'entrer en internat quand tu es arrivée à Palerme. Je ne l'avais pas revue depuis des années et c'était une personne attachante. Elle t'aurait plu.

— J'en doute !

— Détrompe-toi. Elle n'était pas celle que tu imagines. Galeta était tout le contraire d'une mondaine. Elle a été aussi furieuse que moi quand les photos de notre mariage célébré dans l'intimité ont fuité dans la presse.

— À qui la faute ?

— À mon père. Il a communiqué les photos aux journalistes probablement pour te faire savoir que je n'étais plus libre.

— Il me détestait.

— Non, mais il était de la vieille école. Il voulait une belle-fille sicilienne pour assurer la descendance des Uberto.

Marcu haussa les épaules avant d'ajouter :

— Ce n'est pas à lui que j'en veux, mais à moi. J'aurais dû te courir après, te dire que je voulais vivre avec toi, être là pour te protéger.

Une boule se forme dans la gorge de Monet qui s'obligea à soutenir l'éclat de son regard bleu.

— Je venais d'avoir dix-huit ans, Marcu. Je n'étais pas prête à me marier. Il s'est passé ce qui devait se passer.

Elle recula d'un pas.

Comment pouvait-il ne pas comprendre ? Elle se sentait soudain pitoyable et totalement déplacée dans cette robe de bal trop somptueuse pour elle. Elle n'était pas une princesse. Ni même Cendrillon. Elle n'était rien du tout… Absolument rien… Sa place n'était pas ici, dans ce château. Elle n'était pas de ce monde et elle n'avait qu'une envie : rentrer chez elle. Rentrer à Londres.

— Je suis vraiment désolée, Marcu. Mais il vaut mieux que je parte. Dès demain matin, sans faire d'histoires.

Comme il se taisait, elle insista d'une voix tremblante :

— Nous avons un accord…

Elle lut dans son regard la détresse et la colère.

— Je te conduirai à l'héliport, coupa-t-il durement. Un appareil t'emmènera à l'aéroport de Milan où mon jet t'attendra pour te ramener à Londres.

Monet hocha la tête et baissa les yeux sur la bague à son doigt.

— C'est la deuxième fois que tu me l'offres, murmura-t-elle en tentant à nouveau de la retirer. Et c'est la deuxième fois que je te la rends…

— Non.

Il prit la main de Monet et remit l'anneau à sa place.

— Fais-en ce que tu veux, mais ne la laisse pas ici. Je l'ai gardée pour toi pendant toutes ces années, et je n'en veux plus.

Elle hocha de nouveau la tête et posa les yeux sur le sapin si magnifiquement décoré, puis sur Marcu, si digne malgré la blessure qu'elle venait de lui infliger.

Refoulant ses larmes, elle se détourna et quitta précipitamment la salle de bal.

Elle ne voulait pas pleurer, pas penser, plus rien ressentir. Juste se coucher et, dans quelques heures, elle partirait. Loin de Marcu. Libre de reprendre le cours normal de sa vie.

Frissonnante, elle se recroquevilla sous les couvertures et enfonça son visage dans l'oreiller, luttant pour contenir son émotion.

L'esprit anesthésié, elle ne pouvait penser qu'à une chose. Marcu avait demandé sa main… Il lui avait dit ces mots dont elle avait rêvé, mais auxquels elle ne croyait pas.

Soudain, la digue se rompit, et elle se mit à sangloter sans retenue un long moment avant de s'endormir, vaincue par le poids du chagrin et de l'épuisement.

Elle rouvrit les paupières au milieu de la nuit et, enveloppée dans un plaid, elle s'assit devant la fenêtre pour voir les premières lueurs de l'aube teinter de rose le ciel entre les cimes enneigées et les nuages. Puis elle fit ses bagages et remit de l'ordre dans la salle de bains et la chambre. Elle défaisait le lit quand la voix grave de Marcu la fit sursauter.

— Qu'est-ce que tu fais ? La femme de chambre s'en occupera

— Je préfère le faire moi-même, dit-elle en pliant le drap. Ma mère m'a éduquée ainsi.

Il s'approcha.

Elle lui glissa un coup d'œil, tout en s'efforçant de calmer les battements de son cœur. Il avait l'air sombre et fatigué. Sans doute n'avait-il guère dormi lui aussi.

— Il y avait pourtant tout le personnel nécessaire au palais.

— Oui, mais elle craignait de déplaire si elle se donnait de grands airs. Maman avait beau être la maîtresse de ton père, elle n'a jamais oublié qu'elle faisait partie de son personnel.

— Monet !

Le ton cinglant de Marcu lui amena les larmes aux yeux.

— C'était le sentiment qu'elle avait, répliqua-t-elle, sur la défensive. Désolée, je ne voulais pas te blesser.

— Tu n'es pas désolée et tu as voulu me blesser. Tu cherches la bagarre pour entretenir la colère entre nous, parce que tu t'entêtes à nier l'évidence, à nier ce que tu désires…

— N'importe quoi !

— Allons, Monet. Tu m'aimes depuis toujours, autant que je t'aime. Mais parce que je n'ai pas su te montrer mes sentiments comme tu le voudrais, ça ne suffit pas.

— C'est faux.

— Dans ce cas, pourquoi me repousses-tu ? Pourquoi ne nous laisses-tu pas une chance de rattraper toutes ces années perdues ?

Monet ouvrit la bouche puis la referma. Parce qu'elle n'avait pas de réponse à lui donner. Elle ne savait pas pourquoi elle refusait de l'épouser. Simplement, elle ne pouvait pas… Elle n'avait pas assez de confiance en elle-même pour cela.

Elle haussa légèrement les épaules et détourna la tête, incapable de soutenir son regard.

— Je suis prête à partir. Je n'ai que ces deux sacs.

Marcu jeta un coup d'œil circulaire, s'attardant sur la penderie dont la porte restée ouverte montrait la robe de bal.

— Je les descends, dit-il d'un ton sec en prenant les bagages. Je t'attends en bas.

Alors qu'il tournait les talons, elle sentit les larmes brûler ses yeux.

Sur la route pour l'héliport, Marcu essayait d'ignorer la douleur qui se creusait dans sa poitrine à chaque tour de roue. Il se sentait aussi mal que ce maudit jour où il avait conduit Monet à l'aéroport de Palerme. Il ne voulait pas qu'elle le quitte, mais il avait promis de ne pas la retenir.

Quand les barrières limitant l'accès au tarmac se levèrent et qu'il aperçut l'hélicoptère, il serra les dents, tant la douleur devenait envahissante.

Monet ne voulait pas croire qu'il l'aimait comme un fou. Il avait voulu le lui montrer en organisant une fête pour lui prouver qu'il pourrait être un autre homme. Qu'il était prêt à changer. Qu'il avait déjà changé.

Il n'avait pas besoin d'elle pour les enfants dont la nounou allait bientôt rentrer. Non, c'était lui qui avait besoin de Monet. C'était sa vie à lui qui avait été bouleversée quand elle avait quitté Palerme, et voilà qu'elle le quittait de nouveau.

Il ralentit et coupa le moteur.

C'était la deuxième fois qu'il perdait Monet. L'espace d'un instant, il se sentit mal, le passé et ses souvenirs douloureux le rendant nauséeux. Et soudain, il comprit… Pour pouvoir aimer, pour pouvoir se tourner vers l'avenir, il devait faire la paix avec le passé et avec lui-même, enterrer ses regrets, son chagrin et sa colère. Il n'était plus celui qui conduisait Monet à l'aéroport de Palerme, huit ans plus tôt. Il était un autre homme. Même si, cette fois encore, il n'avait d'autre choix que de la laisser partir, il savait avec certitude qu'elle était l'amour de sa vie et qu'il n'y aurait jamais d'autre femme.

Monet n'avait pas seulement ravi son cœur. Elle était son âme.

11.

Elle avait repris le travail depuis trois semaines. La période des soldes d'hiver battait son plein, et Monet n'avait pas une minute à elle dans la journée, ce qui l'empêchait de trop penser et de craquer. Parce que chaque jour remettait en question sa décision d'avoir rejeté la demande en mariage de Marcu sans s'accorder le temps d'y réfléchir. Sa fierté et son entêtement, son impulsivité et ses craintes avaient peut-être détruit son unique chance de vivre le grand amour et d'être heureuse.

Elle sentit le picotement familier des larmes dans ses yeux, tellement perturbée que ses mains tremblaient alors qu'elle rajustait une robe de mariée sur un mannequin. Elle devait se ressaisir, pas question de s'effondrer devant les clients. Elle devait à tout prix cesser de penser à Marcu. Il fallait qu'elle soit forte. Il fallait qu'elle soit…

Le son d'un violon la fit se retourner. Elle crut reconnaître les premières notes, mais hésita jusqu'à ce qu'une voix s'élève et la fasse frissonner.

Gianni Schicchi de Puccini. Son opéra préféré.

D'où venait la musique ?

Intriguée, elle sortit du rayon et découvrit une vingtaine de musiciens, assis sur des sièges pliants devant les hautes fenêtres.

Une femme s'avança vers elle en chantant : celle qui, une heure avant, lui demandait des conseils pour le mariage de sa fille. Et Monet resta bouche bée en découvrant que les musiciens avaient tous été eux aussi des clients un peu plus tôt dans l'après-midi.

Et ces « clients » ne jouaient pas n'importe quel morceau, mais *E Lui* dans lequel Gianni Schicchi interdit à Lauretta d'épouser l'homme qu'elle aime parce qu'elle n'a pas de dot. Désespéré, le jeune couple va devoir se battre pour sauver leur amour.

Monet tressaillit quand une nouvelle voix sublime s'éleva sous le dôme pour *O Mio Babbino Caro* dans lequel Lauretta supplie son père de la laisser épouser son bien-aimé parce qu'elle ne peut vivre sans lui. Ce chant d'amour, elle l'avait écouté des heures durant, autrefois, à Palerme.

Bouleversée, elle essuya les larmes qui roulaient sur sa joue. Une seule personne savait combien elle adorait cet opéra. Qui savait qu'elle s'était un jour comparée à Lauretta, la jeune fille sans fortune, d'origine modeste, qui ne peut être acceptée par la noble et riche famille de son amoureux…

Une multitude de clients curieux et admiratifs envahissait à présent le cinquième étage du grand magasin et, quand le chant se termina, il y eut quelques secondes de silence médusé avant que n'éclate un tonnerre d'applaudissements.

Monet applaudit, elle aussi. Et, soudain, Marcu fut là, se frayant un chemin vers elle à travers la foule, la fixant de ses yeux bleus.

Ebranlée par les émotions, la musique et les souvenirs, Monet tremblait, incapable d'une pensée cohérente.

— Qu'est-ce que tu as fait ? murmura-t-elle. Tu as vu tous ces gens ? C'est complètement dingue.

Marcu lui prit la main et l'attira doucement vers lui.

— Tu te souviens comme tu aimais cet opéra ?

Des sanglots dans la gorge, Monet hocha la tête.

— Mais pourquoi ?

— Il me fallait obtenir toute ton attention. J'espère avoir réussi.

Craignant d'être submergée par la vague d'émotion qui enflait en elle, Monet appuya son front contre le torse de Marcu. Il lui avait tant manqué. Ces dernières semaines avaient été atroces, et elle ne comptait plus le nombre de fois où elle avait hésité à courir le rejoindre.

— Comment t'es-tu débrouillé ? murmura-t-elle.

— Je dois avouer que ça n'a pas été simple. J'ai rencontré quelques difficultés pour rallier à ma cause l'orchestre philharmonique de Londres.

Monet sourit à travers ses larmes.

— Romantique, mais pas très… intime.

— C'est le but, dit Marcu en sortant un écrin de sa poche et en mettant un genou à terre. Je veux que le monde entier sache que je t'aime et que je désire vivre le restant de mes jours avec toi.

Monet jeta un regard intimidé autour d'eux.

— Je t'en prie, Marcu, tu n'es pas obligé de faire ça ici, ni de dire toutes ces choses…

— Si, j'y tiens. Je te demande une fois de plus de m'épouser et, si tu n'es pas prête à me dire oui maintenant, je reviendrai demander ta main dans six semaines, six mois ou six ans. J'attendrai le temps qu'il faudra parce que tu es la femme que j'aime, Monet. La seule avec qui je veux partager ma vie.

Il ouvrit l'écrin, dévoilant une magnifique émeraude.

Monet regarda la bague, puis Marcu.

— Je t'aime, murmura-t-elle. Je t'aime très fort, mais j'ai peur…

— Je sais.

— J'ai l'habitude de vivre seule.

— Je le sais aussi.

— Je suis d'un naturel méfiant.

Marcu eut un petit sourire en coin.

— Je confirme.

— Et, pourtant, je ne peux imaginer l'avenir sans toi, conclut Monet dans un souffle en repliant nerveusement sa main gauche.

Elle portait toujours la bague qu'il lui avait offerte pour ses seize ans.

— Je l'ai gardée parce que je croyais t'avoir à jamais perdu et c'était tout ce qui me restait de toi.

— Avec ou sans bague, plus rien ne nous séparera, Monet. Je ne partirai pas.

— On peut tout de même attendre un peu pour fixer une date de mariage ?

— Aussi longtemps que tu voudras.

Monet plongea son regard dans celui de Marcu. Un regard où elle lisait de la tendresse, du désir et de l'amour. Un regard qui lui donnait le sentiment d'être la plus aimée de toutes les femmes et la libérait de ses doutes et de ses appréhensions.

— Alors, c'est oui. Je veux bien t'épouser.

Marcu se releva et l'embrassa avec tant de passion que des sifflements fusèrent au milieu des applaudissements.

Épilogue

Monet n'attendit pas six ans, ni même six mois pour être sûre de vouloir épouser Marcu. Ils avaient d'abord décidé qu'elle continuerait à travailler et qu'ils passeraient les week-ends ensemble. Mais au bout d'un mois seulement, après que Marcu avait amené les enfants à Londres pour qu'ils puissent la voir, et qu'elle soit ensuite allée les retrouver en Sicile, elle comprit qu'ils ne pouvaient vivre plus longtemps loin les uns des autres. Les enfants avaient besoin d'elle, Marcu aussi, et elle avait tout autant besoin d'eux.

Le mariage fut célébré le premier week-end de juin dans la cathédrale de Palerme. Le ciel était bleu sans nuage, la lumière intense et les cloches carillonnaient joyeusement pour accompagner la sortie des mariés.

Monet leva les yeux vers son époux. Il lui sourit, de ce sourire qui la faisait fondre avant d'incliner la tête pour l'embrasser passionnément, la laissant tremblante de la tête aux pieds.

— *La mia adorabile moglie*, murmura-t-il contre ses lèvres.

Ma femme adorée…

Elle ne put dissimuler la rougeur sur ses joues, ni son ravissement quand il redressa la tête. Elle était son épouse. L'épouse de Marcu Uberto !

Les enfants accoururent vers eux dans une joyeuse sarabande et se jetèrent dans leurs bras.

— Je vous aime, mes chéris, dit Monet en les embrassant. Maintenant, vous êtes à moi pour toujours.

— Et moi, j'ai la chance de vous avoir tous les quatre, ajouta Marcu en l'enlaçant par la taille. L'amour de ma vie et une famille ! Je suis le plus heureux des hommes.

Retrouvez en février 2021,
dans votre collection

AZUR

Piégée par Cristiano Velasquez, de Jackie Ashenden - N°4301

Destin ou hasard ? Lorsqu'il sauve des rues de Paris l'intrépide Leonie, Cristiano Velasquez, duc de San Lorenzo, ignore encore qu'il s'agit de la fille disparue de son plus grand ennemi. Or, maintenant qu'il connaît la vérité, il compte bien prendre sa revanche sur le clan de Riero… en épousant la jeune femme ! Puisque celle-ci ne sait rien de ses origines, il ne devrait pas être trop difficile pour lui de la séduire. Surtout s'il en croit la lueur de désir qui brûle dans le regard farouche de la belle…

Liés par un baiser, d'Annie West - N°4302

Chaque nuit, Stéphanie se rappelle cette soirée à Melbourne où Damen Nicolaides l'a embrassée. Si ce baiser fiévreux l'a étourdie et bouleversée, elle a vite compris qu'il n'avait aucune signification pour son auteur. Humiliée, elle s'est alors juré de garder ses distances avec cet homme odieux. Pourtant, quand celui-ci la demande en mariage, elle est tentée d'accepter. Après tout, il ne s'agira que d'un pur arrangement entre eux, permettant à Stéphanie de sauver sa famille. Et sans que jamais les sentiments s'en mêlent…

Passion au Castello, de Melanie Milburne - N°4303

Une bâtisse de pierre, couverte de lierre. Un jardin d'herbes folles et de rosiers sauvages. Le *Castello* Mireille semble à l'abandon, et pourtant il représente l'univers d'Artemisia. Trop craintive du monde extérieur, elle ne l'a pas quitté depuis des années… C'est donc avec stupeur qu'elle apprend que son antre a été hypothéqué par sa famille. Pire encore, si elle veut pouvoir rester chez elle, Artemisia va devoir accepter la demande en mariage de Luca Ferrantelli, le nouveau propriétaire du château…

Un royal play-boy, de Natalie Anderson - N°4304

Épouser Alek Salustri, prince de Triscari ? Pour Hester, l'idée est aussi folle que dangereuse. Quand bien même ce mariage temporaire permettrait à Alek d'accéder au trône, elle redoute en effet d'avoir le cœur brisé, une fois qu'il y mettra un terme. Jamais un homme comme lui ne s'intéresserait à une simple secrétaire, hors du cadre de cette union de convenance ! Or, alors qu'elle a toutes les raisons de refuser la proposition du prince, Hester se surprend à lui dire oui…

L'héritier d'un Italien, de Lynne Graham - N°4305

Beau, riche et impitoyable, Raffaele Manzini obtient toujours ce qu'il veut. Et aujourd'hui, c'est une femme qui représente son plus gros défi. S'il veut hériter de l'empire de son grand-père, il doit en effet convaincre Maya Campbell de l'épouser… et de lui donner un enfant ! D'abord choquée par la proposition du bel Italien, Maya accepte cette union de convenance, pour sauver sa famille de la ruine. Mais elle se fait alors la promesse de ne pas céder à l'attirance que son fiancé trop cynique exerce sur elle…

Mystérieuse princesse, de Kandy Shepherd - N°4306

La princesse Natalia en a plus qu'assez d'obéir aux injonctions royales. Certes, il lui faudra bientôt monter sur le trône, épouser un homme de son rang pour offrir un héritier au royaume de Montovia. Seulement, aujourd'hui, c'est incognito qu'elle assiste au mariage de ses amis, à Sydney. Et le mystérieux Finn, cet homme qu'elle ne peut s'empêcher de dévorer des yeux, ne doit pas découvrir son identité, sous aucun prétexte. Car, alors, leur rencontre bouleversante pourrait bien perdre de sa magie…

Un prince pour Bianca, de Jennifer Faye - N°4307

SÉRIE : *L'HÉRITAGE DES BARTOLINI* - 1/3

Wedding planner de talent, Bianca Bartolini croit son jour de chance arrivé quand on lui présente le très influent prince Leo de Patazonie, qui lui propose d'organiser ses noces, dans son pays. Persuadée d'avoir décroché le contrat du siècle, elle s'envole vers le petit paradis méditerranéen… Un paradis qui se transforme vite en enfer. Le somptueux mariage qu'elle est censée organiser est une mascarade que le prince a imaginée pour rassurer son peuple et accéder plus vite au trône. Pire encore, c'est elle que Leo a choisie comme épouse !

Promise à un magnat grec, de Maya Blake - N°4308

SÉRIE : *AUDACIEUX MILLIARDAIRES* - 1/2

Promise à un inconnu ! Sous le voile de tulle immaculé, je ressens une grande détresse. D'ici peu, je serai l'épouse d'Axios Xenakis, celui que mon père a choisi pour moi. Comme tout le monde en Grèce, je connais la réputation du magnat de l'aéronautique au succès fulgurant. J'admire sa beauté sur le papier glacé des magazines. Mais de l'homme, j'ignore tout. J'ignore quel mari il sera, alors que nos deux familles se vouent depuis longtemps une haine manifeste. J'ignore surtout si je saurai écouter la voie de la raison, en lui résistant à tout prix…

Cet amant inoubliable, de Dani Collins - N°4309

SÉRIE : *FRÈRES RIVAUX* - 1/2

Jamais Kiara ne regrettera la nuit délicieuse qu'elle a passée dans les bras de Valentino Casale. Certes, au petit matin, son amant s'est révélé aussi froid que leur étreinte a été brûlante. Mais une petite fille est née de cette union éphémère. Alors qu'elle a gardé son trésor secret durant trois ans, Valentino vient de découvrir l'existence de la petite et exige que Kiara l'épouse. Pour le bien de son enfant, elle n'a alors d'autre choix que d'accepter le retour de Valentino dans sa vie et dans son cœur…

L'épouse d'une vengeance, de Tara Pammi - N°4310

« Marions-nous, Alessandra. » Vincenzo est le premier surpris par la proposition qu'il fait à sa maîtresse. Au départ, poursuivre l'héritière Giovanni de ses assiduités faisait partie de son plan. Après avoir découvert le lien de parenté de la jeune femme avec son ennemi juré, il avait décidé de faire d'elle l'objet de sa vengeance. Mais l'épouser ? Lui, le célibataire endurci, n'est pas du genre à convoler ! Alors qu'Alessandra promet de l'aimer pour toujours, Vincenzo se demande si la situation n'est pas en train de lui échapper…

Une troublante invitée, de Bella Frances - N°4311

Pour qui se prend cette Tara Devine ? Michael enrage. Non contente de le traiter avec un mépris amusé, la jeune créatrice de mode évolue dans un milieu superficiel qu'il déteste. Et puis, surtout, elle a une mauvaise influence sur sa petite sœur. Or protéger Fernanda est capital pour Michael. Alors, pourquoi réagit-il aussi vivement face aux courbes plantureuses de Tara ? Il ne souhaiterait rien tant que d'oublier ce désir malvenu, hélas la jeune femme vient d'être conviée pour quelques jours dans la demeure familiale des Cruz, à Barcelone…